## LAS MEJORES
# FÁBULAS
# MITOLÓGICAS

# LAS MEJORES
# FÁBULAS
# MITOLÓGICAS

## TONI LLACAY Y MONTSERRAT VILADEVALL

ILUSTRACIONES DE
FEDERICO COMBI

ONIRO
Avda. Diagonal, 662-664, 08034 Barcelona
www.planetadelibros.com
www.planetadelibrosinfantilyjuvenil.com

© Espasa Libros S. L., sociedad unipersonal, 2014
© del texto: Toni Llacay y Montserrat Viladevall, 2014
© de las ilustraciones, Federico Combi, 2014

Primera edición: marzo de 2014
ISBN: 978-84-9754-761-1
Fotocomposición: Víctor Igual, S. L.
Depósito legal: B. 2.687-2014
Impreso por Cachiman Grafic, S. L.
Impreso en España - Printed in Spain

# ÍNDICE

Prólogo . . . . . . . . . . . . . . . . . . . . . . . . . . . 9

Heracles y las manzanas del jardín de las Hespérides 11

Calisto y la historia de la Osa Mayor . . . . . . . . 17

Faetón y el carro de fuego . . . . . . . . . . . . . . . 27

Eris y la manzana de la discordia . . . . . . . . . . . 43

El juicio de Paris, o la locura de elegir a la más bella 51

Ifigenia debe morir . . . . . . . . . . . . . . . . . . . . 59

Laocoonte y el caballo de Troya . . . . . . . . . . . 73

Casandra y la maldición de Apolo . . . . . . . . . . 81

Atenea y su curioso nacimiento . . . . . . . . . . . . 85

Hefesto y su traumático nacimiento . . . . . . . . . 91

Hefesto y la infidelidad de Afrodita . . . . . . . . . 97

Hermafrodito y el amor de la ninfa Salmacis . . . . 105

Adonis y el amor de las dos diosas . . . . . . . . . . 113

Pigmalión y su estatua . . . . . . . . . . . . . . . . . . 121

Pandora y la tinaja maldita . . . . . . . . . . . . . . . 131

Io o la crónica de una venganza . . . . . . . . . . . . 141

Dafne, la mujer que prefirió transformarse en árbol . 151

Níobe y la muerte de sus hijos. . . . . . . . . . . 161

Hermes y la astucia precoz. . . . . . . . . . . . . 167

Dédalo y las alas mágicas . . . . . . . . . . . . . 179

Edipo y la esfinge . . . . . . . . . . . . . . . . . 187

A Laia, para que siga teniendo
el coraje de las heroínas clásicas

# PRÓLOGO

Las historias de la mitología clásica son los relatos más bellos jamás contados. Algunas veces los cuentos infantiles, las grandes obras de teatro, la vida misma... parecen recoger ecos de estas exquisitas narraciones. Adentraos en ellas y atreveos a afirmar que la reunión de las hadas que otorgaron sus dones a la Bella Durmiente no estaba presente en la fiesta a la que no fue invitada Eris, la diosa de la discordia. O que la muerte de Antígona y Hemón por causa de la intransigencia de su padre no recuerda extraordinariamente a la intensa tragedia de *Romeo y Julieta* de Shakespeare...

# HERACLES

## Y LAS MANZANAS DEL JARDÍN
## DE LAS HESPÉRIDES

Empezaremos con una historia divertida, cuyos protagonistas son *Atlas*, *el de la torva mirada*, y *Heracles*, *enzarzado en el largo camino hacia su liberación y cuya gran virtud es su fuerza descomunal. Aunque en ocasiones, como la que nos ocupa, supo hacer caso de un buen consejo recibido a tiempo.*

Allí mismo, en el principio y el fin de la tierra y del mar, junto a la horrible mansión de la Noche siempre envuelta en nubes oscuras, permanece por los tiempos de los tiempos el titán Atlas el torvo. Allí, solo, olvidado de todos, presencia jornada tras jornada cómo el Día se acerca a la Noche y cómo se saludan brevemente al traspasar el umbral de bronce. Nunca lo miran.

Ante él se erige el hermoso jardín de las Hespérides, custodiado por las propias Hespérides y por un dragón que vigila que nadie sustraiga ninguna de las manzanas doradas del árbol de Hera. Este dragón se divierte torturando al pobre titán, que no puede abandonar su puesto sin causar una catástrofe universal.

Atlas fue uno de los titanes que se enfrentaron a los dioses olímpicos en la Titanomaquia, la guerra que mantuvieron dioses contra titanes. La derrota lo condenó a sostener sobre sus espaldas, durante toda la eternidad, la bóveda de los cielos. Se afirma que sólo su fuerza titánica —nunca mejor dicho— asegura que el cielo y la tierra se mantengan separados.

Aquella mañana, cuando apareció el joven Heracles, alegre y jovial, y liquidó al dragón del jardín, Atlas se sintió muy predispuesto hacia el muchacho. Heracles agradeció esta coyuntura porque necesitaba desesperadamente la ayuda del titán. Alguien le había dado un consejo vital para obtener las manzanas del árbol de Hera:

—No las tomes tú mismo. Consigue que lo haga el propio Atlas. Las Hespérides, jóvenes guardianas del árbol de la diosa, no sospecharán de él.

Heracles contó al titán todas sus tribulaciones. Tras muchos años luchando por recuperar su libertad, ya veía el fin de los doce trabajos que debía cumplir. Robar tres manzanas del jardín era su penúltimo trabajo.

Cuando Atlas oyó su relato se puso a reír a carcajadas. Heracles se ofendió:

—¿Qué es lo que te hace tanta gracia?

—Que aunque hayas matado al dragón te va a resultar realmente difícil robar las manzanas a las Hespérides. Estas muchachitas son mis hijas y puedo decirte que son terribles cuando se enfadan. Ja, ja, ja.

Heracles rio con él y después le planteó su osada propuesta:

—Pero no sería tan difícil si lo hicieras tú.

—No, entonces sería rematadamente fácil. Pero debes de haberte dado cuenta de que tengo algunas dificultades para moverme. Ja, ja, ja.

—Que desaparecerían si yo mismo sostuviera la bóveda del cielo sobre mis hombros el tiempo que necesitaras para apoderarte de las manzanas.

Atlas lo miró gratamente sorprendido:

—¿Tú?

—Sí, soy el hombre más fuerte del mundo.

—¿Tú harías eso por mí?

—No, lo haría por mí.

Atlas permaneció largo rato en silencio. Podía tomarse su tiempo. Finalmente accedió.

Heracles hizo un esfuerzo hercúleo —nunca mejor dicho— para sostener la bóveda sobre sus hombros. Y Atlas se dirigió al jardín y tomó las tres manzanas sin que sus hijas ofrecieran la menor resistencia.

Pero conforme iba acercándose al joven héroe, sintiendo el gran placer que siempre proporciona la libertad, comenzó a pensar que tal vez podría llevar él mismo las manzanas al jefe de Heracles.

Cuando estuvo frente al héroe, que sufría terriblemente por el esfuerzo, le contó su idea. Heracles ya estaba preparado para tal contingencia. No le dijo que no.

—De acuerdo, Atlas. Pero, mírame bien. Estoy desbordado por el esfuerzo. Tal vez si colocara una almohada sobre mi cabeza no me resultaría tan doloroso sostener el cielo.

—Nunca lo había pensado.

—Y mientras tomo la almohada, ¿te importaría cargar la bóveda?

—¡Pues claro!

Y Atlas cargó de nuevo la bóveda del cielo sobre sus hombros mientras Heracles tomaba las manzanas y huía a toda velocidad.

—Ja, ja, ja.


Sin embargo, Heracles nunca olvidó a Atlas. Así que, cuando llegó al final de África, erigió dos enormes columnas para que mantuvieran separados el cielo y la tierra y, de esta manera, el titán recuperase su libertad. Sin embargo, ésta sería otra historia... que también merece ser contada.

**¿SABÍAS QUE...** como era habitual representar a Atlas con la tierra sobre su nuca, bautizaron con el nombre de «atlas» a la primera vértebra de la columna vertebral humana, la que sostiene directamente la cabeza?

# CALISTO

## Y LA HISTORIA DE LA OSA MAYOR

*Ésta es la primera de las historias que narraremos, tan frecuentes en la mitología clásica, en las que ser mujer y hermosa acostumbra a tener, necesariamente, un final trágico.*

La joven humana Calisto amaba cazar y se declaraba seguidora de la diosa virgen Ártemis. Compartía con ella la pasión por la libertad y la emoción de la caza, y pronto se convirtió en la mejor amiga de la diosa y también en la líder de las jóvenes que la seguían.

Calisto vestía, como Ártemis, una túnica sencilla y una simple cinta para dominar sus cabellos rebeldes. Apasionada del arco y de las flechas, también se sentía cómoda lanzando la jabalina. Sus brazos nunca habían rodeado el cuello de un hombre y había consagrado con entusiasmo su virginidad a la diosa cazadora.

Sin embargo, era hermosa. Y, para su total y completa desgracia, un día Zeus la vio. Y desde aquel mismo instante, el corazón del dios prendió en pasión y su mente implacable se concentró en planificar cómo conseguir lo que deseaba de ella.

Como un relámpago le acudió a la mente la imagen de su esposa Hera. Pero en estos casos siempre conseguía minimizar el impacto.

—Ella no tiene por qué saberlo. Pero si, por casualidad, el asunto llegara a sus oídos... ¿qué problema tendría yo? ¿Aguantar unas cuantas quejas y unas agrias recriminaciones, y disculparme con aspecto aparentemente compungido?

Quedó claro que nada lo detendría. Así que, aquella misma tarde, siguió a Calisto cuando buscaba el abrigo de una cueva solitaria para descansar. La muchacha se tendió sobre un lecho de hojas secas y se abrazó soñolienta a su querido arco.

Zeus entró en la cueva. Sí, sí, era Zeus pero nadie lo habría adivinado. Porque había tomado el aspecto y la apariencia de la diosa Ártemis.

Así que la falsa Ártemis zarandeó cariñosamente a Calisto, que ya estaba profundamente dormida:

—Calisto, Calisto...

La muchacha abrió los ojos y al punto su bello rostro se iluminó con una gran sonrisa:

—Oh, Ártemis, mi diosa, más grande que el gran Zeus.

Y lo diría y lo repetiría sin miedo aunque fuera él mismo quien oyera mis palabras.

Zeus sonrió ante la deliciosa ingenuidad de Calisto. Qué sutil ironía tenía el momento. La besó suavemente.

—Cuéntame, amiga mía, cómo fue tu día de caza.

Calisto se sentó entusiasmada y comenzó a relatar sus andanzas. Mientras, Ártemis continuó besándola y estrechándola entre sus brazos.

No fue hasta que el abrazo creció desmesuradamente en intensidad que Calisto comenzó a desconfiar. Pero en ese momento ya era demasiado tarde.

Cuando pudo zafarse de los brazos del dios huyó despavorida, dejando atrás incluso su arco y sus flechas, que eran su tesoro. Y Zeus, que había conseguido ya lo que buscaba, permaneció allí, satisfecho, disfrutando del momento.

Desde aquel mismo día algo cambió en Calisto. Al principio sus compañeras no se dieron cuenta. Fue más adelante cuando notaron que la joven no acudía presurosa a la llamada de la diosa si no había otras jóvenes en su presencia. Que ya no caminaba altiva y arrogante al lado de Ártemis como la líder que había sido. Que algunas veces rehuía incluso la mirada de la propia diosa. Que la tristeza parecía haberse apoderado de sus hermosos ojos.

Ártemis también la observaba con preocupación. Comenzaba a sospechar que algo muy malo le había sucedido.

Pasó el tiempo y la luna se llenó y desapareció nueve veces. Una tarde muy calurosa, Ártemis gritó de emoción cuando descubrieron una cueva donde una alegre cascada caía formando remolinos en un manantial.

—¡Qué maravillosa fuente, chicas! Nos bañaremos aquí.

Y todas, encantadas, comenzaron a desprenderse de sus ropas para sumergirse en el agua fresca. Calisto abandonó lentamente sus vestiduras. Su rostro avergonzado despertó la curiosidad de Ártemis. Cuando la diosa vio el vientre abultado de su discípula supo lo que había sucedido:

—¡Sal del manantial, Calisto! ¡No mancilles esta agua sagrada!

Pocos días después Calisto dio a luz a un hermoso niño y lo llamó Arcas. Ártemis, cuyo resentimiento había ido creciendo en su pecho, se acercó hasta ella llena de desprecio, la tomó por el cabello y la tiró al suelo. Calisto sollozaba implorándole piedad. Ártemis respondió:

—¿Piedad? ¿Piedad? ¡Maldita! Te has burlado de nosotras. Tu crueldad ha llegado hasta el punto de engendrar un hijo para hacer ostentación de tu relación con Zeus. Pero no escaparás al castigo porque yo arrebataré la belleza que te hizo vanidosa y con la que deslumbraste al padre de los dioses y los hombres. Voy a castigarte para que él jamás vuelva a fijar sus ojos en ti.

Los brazos de la desdichada Calisto comenzaron a llenarse de pelos negros, sus manos cambiaron de forma deviniendo patas y sus dedos, afiladas pezuñas. El bello rostro que Zeus había besado se ensanchó dolorosamente y se deformó hasta convertirse en el de una osa.

Calisto, sabiendo que no hallaría la más mínima sombra de piedad en el corazón de piedra de Ártemis, volvió los ojos hacia el cielo dispuesta a implorar a Zeus, pero sólo logró emitir lastimeros gruñidos. Se supone que el ingrato Zeus no la oyó, o que la desoyó voluntariamente.

Lo cierto es que, vencida, destrozada, Calisto caminó lentamente hacia la espesura que parecía llamarla. Pero aunque su cuerpo era el de una enorme osa, su mente continuaba siendo el de una joven muchacha. Temía, pues, adentrarse en los bosques solitarios que tanto había amado, temía encontrarse con otras fieras salvajes como lobos o leones porque ni siquiera sabía que podía vencerlos. Vivía cerca de los lugares que siempre había frecuentado y muchas veces estuvo a punto de caer despeñada por los riscos huyendo de los sabuesos que la perseguían.

Pasaron quince largos años y una mañana, en un claro del bosque, se encontró frente a frente con un joven orgulloso y altivo que manejaba el arco con destreza. ¿Cómo lo reconoció? ¿Qué había en él que hizo que Calisto abandonara sus reservas? ¡Era su hijo! Era su hijo amado.

Sin pensar en las consecuencias, se acercó lentamente hacia él. Cuando vio que se alarmaba, se levantó sobre las patas traseras para tranquilizarlo. Pero sólo consiguió que Arcas se sintiese invadido por el pánico, que alzara su arco y disparara una flecha letal contra el corazón de su madre.

Esta vez, Zeus no miró hacia otro lado como había hecho quince años antes. Con un potente viento arrastró madre e hijo hasta la cúpula del cielo y los convirtió en dos constelaciones: la Osa Mayor y su inseparable Osa Menor.

Sin embargo, no fue éste el fin de las tribulaciones de la infortunada Calisto porque la diosa Hera, esposa de Zeus, se sintió profundamente humillada al ver a la involuntaria amante de su marido en la bóveda celeste.

Hera pensó en la conversación que mantendría con Zeus. Revivió la escena que había protagonizado tantas veces. Sus gritos, sus reproches, sus recriminaciones... ¿Y qué haría Zeus? Disculparse con aspecto aparentemente compungido. Y nada más.

Con el corazón lleno de odio hacia la pobre Calisto visitó a la diosa Tetis y al dios Océano, que la habían cuidado cuando era una niña. Se presentó ante ellos desconsolada, con un aspecto miserablemente triste, y les contó lo sucedido:

—¿Es justo que la reina de los dioses sufra esta afrenta en su morada eterna? ¿Es justo que mi rival se exhiba en los cielos? ¿Que cuando llegue la noche brille a los ojos de todos la causa de mi vergüenza? ¿Quién me respetará ahora?

Tetis y Océano se sintieron conmovidos por las lágrimas de Hera.

—¿Qué deseas, niña? Nosotros sólo queremos tu felicidad.

—No dejéis que los osos se bañen jamás en vuestras aguas puras, ¡que sean aguas prohibidas para ellos!

Y ésa es la causa por la que la Osa Mayor y la Osa Menor nunca llegan a desaparecer del cielo y no pueden seguir a las otras estrellas que se hunden en el océano. La razón es que Tetis rechaza recibirlas cuando el resto de las estrellas se ponen.

Y ésta fue la venganza de Hera sobre la infortunada Calisto. Y no fue ni la primera ni la última vez que se vengó, pero éstas serían otras historias... que también merecen ser contadas.

**¿SABÍAS QUE...** la Osa Mayor es una constelación circumpolar? Se llaman «circumpolares» las constelaciones que nunca se ponen en el horizonte. Si no fuera por la luz del sol, sus estrellas serían visibles a cualquier hora del día.

Así, la Osa Mayor siempre está presente en el cielo. La vemos en su punto más elevado al iniciarse las noches de primavera y en su punto más bajo al comenzar las noches de otoño.

# FAETÓN

## Y EL CARRO DE FUEGO

*El dios Sol hizo un juramento que fue maldito desde que lo pronunciaron sus labios. Él tenía una única opción: cumplirlo. Sólo su hijo podía liberarlo de aquella locura. Pero el chico tomaba sus propias decisiones.*

Los jóvenes se reunieron alrededor de Faetón y Épafo. En el aire se respiraba el olor a pelea. Épafo se paseaba altivo y orgulloso:

—¿Y dices que tu sangre es divina?

—Mérope es mi padre adoptivo. Mi verdadero progenitor es el dios Sol.

—Eso te lo dirá tu madre, Clímene *la Fantasiosa*, ¿no es ésa? ¿Sabes lo que dice mi madre? Que la sangre del dios Hermes corre por mis venas porque cuando necesita ayuda soy el más rápido en desaparecer.

Todos rieron a carcajadas. Comenzaron a dar palmas animando a los contendientes a la lucha. Faetón rugió:

—¡Te voy a dar una paliza!

E intentó arrojarse sobre Épafo que, haciendo honor a las palabras maternas, desapareció como una exhalación.

Faetón se marchó del lugar cabizbajo y humillado pero, al traspasar el umbral de su casa, su frustración se había transformado en rabia.

La sonrisa se borró del rostro de su madre cuando vio los aires sombríos que llevaba.

—¿Qué sucede, Faetón?

—¿Es cierto que soy el hijo del dios Sol? ¿O es todo una invención? ¿Una fantasía absurda de tu mente?

—¿Por qué me interrogas de una forma tan dura y cruel? ¿Por qué tendría yo que mentirte?

—Por qué, por qué, por qué... Porque lo pregunto yo. ¿Por qué todos se burlan de mí? Nadie cree que sea el hijo del Sol. Esta mañana no he podido soportarlo más. Me sentía muy avergonzado de que ellos pudieran insultarme a su placer y yo solamente tuviese un arma para arrojarles: las palabras. Y, de repente, ni siquiera las palabras parecían suficientes.

La voz se le rompió al muchacho e hizo un esfuerzo increíble por contener las lágrimas. Clímene lo habría abrazado pero se contuvo. Casi era un hombre. Permaneció en silencio.

—Si realmente provengo del cielo, madre, necesito que me lo demuestres.

—Te lo juro por mi vida.

—No es suficiente. Júramelo por tu marido mortal, por Mérope, mi padre adoptivo.

—Te lo juro por mi amado Mérope.

—Júramelo por tus hijas y sus bodas futuras.

—Te lo juro por ellas, Faetón, y por sus bodas futuras y por sus hijos futuros y por su felicidad. Te lo juro por mí misma.

Y entonces Clímene, impotente ante la duda que se negaba a abandonar a su hijo, alzó los brazos hacia el cielo dirigiéndose al propio Sol:

—Por este resplandor maravilloso que nos da luz y calor, por esa llamarada brillante que nos ve y nos oye, yo te juro, hijo mío, que el Sol en el cual fijas los ojos es tu padre. Y si miento, que él retire inmediatamente sus rayos de mí y que ésta sea la última vez que pueda verte.

Faetón había retrocedido impresionado por la vehemencia de su madre. La creía, sí, la creía. Y lamentaba hasta lo más profundo de su ser haberla obligado a pronunciar ese juramento.

Clímene lo miró con dureza:

—Ahora debes marcharte y buscar la casa de tu padre.


Eso mismo hizo Faetón. Atravesó los cielos ardientes de las tierras de los etíopes y llegó al palacio del Sol. Se dirigió, audaz, al salón del trono y al entrar quedó cegado por la luz hiriente del dios, que todavía llevaba la corona sobre la cabeza. Faetón cayó de bruces al suelo y allí permaneció, asustado y a la vez maravillado por la escena que se ofrecía a sus ojos.

El Sol, vestido con una larga túnica púrpura, se sentaba en un trono de brillantes esmeraldas. Lo rodeaban los Días, los Meses, el Año, la Centuria y las Horas. También estaban allí, departiendo alegremente, la joven Primavera, que llevaba una corona de flores sobre su cabello dorado; el Verano, vestido sólo con una guirnalda de cereales; el Otoño, manchado del vino que salpicaron las uvas aplastadas; y el Invierno, cubierto de escarcha.

El dios Sol sonrió al ver al joven paralizado por la extraña visión y le dijo:

—¿Qué te trae por aquí, tan lejos de tu hogar, hijo mío?

Faetón replicó:

—Padre, si es que permitís que use este nombre y mi madre dice la verdad, dadme la prueba de que soy verdaderamente vuestro hijo para que desaparezca para siempre la duda que corroe mi corazón.

El Sol alzó la corona de rayos que llevaba sobre la cabeza y se la entregó a uno de sus servidores. Entonces invitó a Faetón a acercarse a él. Puso las dos manos sobre sus hombros y lo miró amorosamente a los ojos:

—Tu madre no te mintió, hijo mío. Clímene decía la verdad. Y para que se desvanezca cualquier duda en ti, pídeme lo que desees y te lo daré. Porque soy tu padre y quiero demostrarte cuánto me importas, pídeme lo que quieras y te lo concederé. Y que mis palabras queden selladas por el oscuro pantano estigio que mis ojos no conocen y por el cual los dioses hacen sus juramentos.

Apenas había terminado de hablar cuando Faetón formuló su deseo:

—Quiero conducir tu carro de fuego.

Si un puñal hubiese atravesado su propio corazón la expresión del dios no hubiera sido diferente. El dolor más profundo cruzó su mirada y el arrepentimiento llenó su alma. Antes de hablar movió con tristeza su gloriosa cabeza:

—Tus palabras son la demostración palpable de cuán impulsivas han sido las mías. Ojalá, hijo mío, pudiera retractarme de mi juramento. Pero no puedo hacerlo porque juré por la laguna Estigia y no hay marcha atrás. Faetón, cambia tu decisión mientras estás a tiempo. Tu deseo no es mortal, pero sí es mortal tu destino si lo cumples. Mi querido chico loco, haz que mi regalo no sea tu destrucción. Querías saber si yo era tu padre. Yo te he dicho que sí. ¿Quieres saber si te quiero? ¿No te dan la respuesta mis ojos llenos de amor y de dolor? Ten compasión de la agonía de tu padre y no tomes el carro. Pide lo que desees de la tierra, del mar, del cielo... Cualquier cosa será tuya. Pero no conduzcas el carro de fuego. Esta gesta será tu ruina y tu muerte pero no te llevará a la gloria.

Pero Faetón no atendió a razones. Así que el dios se resignó y lo acompañó hasta el artilugio porque ya se acercaba el momento de partir.

Faetón se estremeció de placer. El carro era de oro; su eje, de oro; el cigüeñal, de oro, y de oro las ruedas y las llantas. Las riendas colgaban todavía vacías y estaban decoradas con gemas de colores desconocidos y piedras preciosas que brillaban intensamente.

Y mientras Faetón se perdía en la contemplación del imponente carro, la Aurora hizo un gesto al Sol porque el tiempo pasaba y era preciso que llegase el amanecer. El Sol asintió y la Aurora entreabrió las puertas del palacio y un color rosado impregnó todo el cielo. Las estrellas se apresuraron a hundirse en el océano y la estrella de la mañana hizo un guiño a la Luna antes de desaparecer.

Entonces, el Sol invitó a las ligeras Horas a llevar los corceles y ellas tomaron los arneses y se dirigieron al establo con premura. Mientras, el dios untó el rostro de su hijo con un ungüento mágico para protegerlo del calor y colocó su deslumbrante corona sobre la joven cabeza. Lo miró con el corazón encogido y con la mirada más triste:

—Todavía estás a tiempo, muchacho. Abandona.

Pero su hijo le devolvió una mirada llena de pasión.

—Por lo menos escucha atentamente mis últimos consejos. Cuando llegues a lo alto del cielo sigue las huellas que día a día han ido dejando mis ruedas doradas. Debes elegir siempre el camino de en medio, ni acercarte demasiado a la tierra ni acercarte demasiado al cielo. Si volases muy alto quemarías los palacios de los dioses; si, por el contrario, descendieras en demasía, arrasarías la tierra.

La Aurora carraspeó. El carro debía salir. El Sol vio cómo su hijo saltaba dentro ágilmente y le ofreció las riendas.

—Mira, la Noche ha llegado a la orilla mientras estábamos hablando. Ya no queda tiempo. El Día amanece brillante y las sombras huyen veloces. Toma las riendas, hijo mío, o dámelas, si tu tozudo corazón accede sabiamente a cambiar de parecer. Todavía puedes saltar de este carro con el que vas a la muerte, tan loco y tan ignorante. Quédate y deja que la luz del mundo brille para ti.

Pero Faetón se limitó a hacer una mueca al dios Sol:

—¡Gracias, padre!


Los cuatro veloces caballos del Sol golpeaban impacientes las puertas entreabiertas. Estaban inquietos, relinchaban y escupían fuego. Cuando las puertas se abrieron completamente, los animales se arrojaron al vacío desgarrando con sus cascos agitados las nubes que atravesaban.

La ascensión hacia el cielo fue vertiginosa. Pero como Faetón era mucho más ligero que el Sol, el carro se movía vacilante. Visto desde la lejanía, el tiro no parecía una flecha sino un barco que flotara incierto sobre las olas.

Los corceles, alarmados, corrían salvajes. Faetón no lograba dominarlos. Tiraba de las riendas y no conseguía que los animales, tan asustados y sorprendidos como él, obedecieran.

De pronto, abandonaron el camino que recorrían cada día. Entonces el desastre comenzó a extenderse por la bóveda del cielo. Los rayos del Sol quemaron a la Osa Mayor (¿recordáis a la infortunada Calisto?), que en vano buscó refugio en los mares que le estaban prohibidos. También despertaron a la serpiente que permanece en el polo helado, insensible, dormida, inofensiva. La serpiente se llenó de rabia y comenzó a arder.

Fue aquél el momento en el que al desafortunado Faetón se le ocurrió observar desde lo alto. La visión era terrorífica. Los continentes se le antojaron esparcidos en medio del ancho mar. El rostro de Faetón palideció y sus rodillas temblaron con un súbito miedo. Sollozando pensó en lo fácil que hubiera sido vivir sin saber quién era, o qué bueno hubiera sido haber hecho caso a su padre y no haberse dejado llevar por los impulsos de su corazón. Qué maravilloso hubiera sido ser, simplemente, el hijo de Mérope y de Clímene. Pero era demasiado tarde. Faetón se sentía como un capitán cuando su barco es arrastrado irremediablemente hacia la tormenta y, en el momento de máxima desesperación, abandona el timón y confía el mando a los dioses. El joven estaba aturdido. Dudaba. ¿Y los caballos? ¿Cuáles eran sus nombres? ¿Cómo hacer que reconocieran su autoridad si ni siquiera era capaz de recordar cómo se llamaban?

Entonces alzó los ojos un momento y vio cómo el carro se precipitaba hacia las gigantescas formas de los monstruos del cielo. Su padre le había advertido sobre ellos. Se acercaron al Escorpión, cuya cola se estaba curvando en un doble arco y lo esperaba sudando veneno negro. Faetón vio la cola retroceder lentamente presta a dispararse contra él. Sus sentidos se nublaron por un momento y tiró las riendas horrorizado.

Cuando las riendas cayeron sobre los lomos de los caballos, los animales se volvieron locos y ya, sin ningún tipo de control ni limitación, se atrevieron a volar por caminos en el aire que jamás habían surcado.

De repente, subían a lo más alto del cielo. Súbitamente, se asustaban y descendían sobre la tierra a velocidad de vértigo. La Luna chilló horrorizada en el instante que el carro de fuego de su hermano corrió bajo ella.

Cuando los caballos enloquecidos se lanzaron sobre la tierra, las nubes estallaron en vapor a causa del súbito calentamiento. Conforme descendían, los verdes prados se incendiaban, las cimas de las montañas ardían, las hojas y la hierba morían y el trigo maduro era destruido. Los montes que poseían una frondosa selva virgen ennegrecieron y las cimas más elevadas quedaron desnudas de sus nieves perpetuas.

Pero aquella bola de fuego no sólo afectó a la naturaleza. Ciudades enteras fueron destruidas con todos sus habitantes. Reinos y naciones se convirtieron en cenizas. Hombres y animales quedaron calcinados.

Faetón, desde el carro, vio todo el mundo en llamas. Sentía más calor del que podía soportar. Respiraba el vapor ardiente y lo bombardeaban las cenizas y las chispas encendidas. El humo lo envolvió y se produjo, de repente, una terrible oscuridad que en nada semejaba a la noche. Faetón ya no sabía ni dónde estaba ni adónde iba.

El mal no había llegado a su fin. Tan cerca pasó el carro de la tierra que evaporó toda el agua de una región y formó el polvoriento desierto del Sáhara, que perdura hasta hoy. Los etíopes se volvieron negros; años más tarde, los sabios determinaron que había sido porque el calor llevó a su sangre tan cerca de la piel.

Las ninfas sollozaron cuando comenzaron a desaparecer arroyos y cascadas y gritaron de horror cuando vieron que las aguas de los ríos hervían. El legendario oro que se ocultaba en las arenas del río Tajo se fundió a causa de las llamas.

El río Nilo sintió tal terror al pensar que había llegado el fin del mundo que ocultó la cabeza dentro de la tierra y todavía hoy no ha osado sacarla.

Todo ser vivo con capacidad para hundirse en las entrañas de la tierra lo hizo. De tal modo que incluso los dioses del inframundo, Hades y Perséfone, sintieron pánico.

Los mares no corrieron mejor suerte que el resto de la tierra. Allí donde antes había inmensidades de agua aparecían grandes montañas. Los peces morían. Los delfines agonizaban porque no podían respirar ni dentro ni fuera del agua. El dios Poseidón emergió tres veces con su tridente desde las profundidades y tres veces fue obligado a refugiarse de nuevo dentro de ellas.

Por fin, Gaya, la madre tierra, asustada al ver cómo pugnaban mares, océanos y arroyos por penetrar en su interior, elevó la cabeza y los brazos hacia el cielo y, provocando un fuerte terremoto que estremeció todo el mundo, clamó al dios Zeus:

—Zeus, si éste es mi destino y el de mis hijos, si debo morir destruida por el fuego, no me humilles mandando a otro a cumplir tu funesto designio. Te suplico que seas tú quien acabe conmigo con tus rayos terribles.

El aire ardiente también hacía mella en la suplicante diosa. Sin embargo, Gaya encontró fuerzas para continuar:

—¡Zeus! Mi garganta se ve obligada a hacer un gran esfuerzo para hablar; el humo y el calor la secan cruelmente. Mi cabello se abrasa. Tengo cenizas en los ojos, cenizas en los labios. Mira a tu alrededor, padre de los dioses y los hombres. Mira cómo vacila el titán Atlas porque sus espaldas ya no pueden sostener el cielo que arde. Si él cae, el Olimpo y sus palacios también caerán. Si la tierra, los mares y el cielo mueren, el caos se apoderará del universo. Zeus, ¡salva de las llamas a cualquier ser que todavía permanezca con vida y demuestra así que deseas que el mundo sobreviva!

Gaya ya no pudo hablar más. Su voz se quebró y de sus labios sólo salió humo. Impotente se hundió de nuevo en sus profundas cavernas.

Entonces Zeus llamó a las nubes para apagar el incendio con la lluvia. Pero ya no existían nubes porque toda el agua se había evaporado. No parecía que hubiera nada que pudiera suavizar el dolor lacerante que sufría la tierra.

Así que Zeus se levantó de su trono y dirigió su rayo terrible hacia el carro de Faetón.

Faetón cayó y el fuego de la tierra comenzó a extinguirse con fuego y la llama comenzó a devorar la llama. Los caballos se soltaron, por fin, del carro y se lanzaron enloquecidos hacia el mar para entrar de nuevo en el palacio del Sol.

Faetón, con las llamas abrasando su hermoso cabello negro, cayó directamente desde lo alto como un camino de luz. Lo recibió el río Erídano en sus anchas aguas y bañó su cara que ardía. Sin embargo, el rayo fatal de Zeus se había llevado su último hálito de vida y Faetón acudió muerto al abrazo del río.

Su padre, el dios Sol, lleno de dolor, ocultó el rostro desolado. Y si lo que se dice y se cuenta es cierto, pasó un día entero sin que saliera por el este y desapareciera por el oeste. Aquel día fatídico iluminaron la tierra las llamas que todavía no habían sido extinguidas.

La madre de Faetón, Clímene, destrozada por el dolor, se golpeó el pecho hasta desgarrarlo; y sus hermanas, las tres jóvenes Helíades, permanecieron postradas en las orillas del río Erídano día y noche, llamando a Faetón, que ya jamás podría oír sus lamentos. Su sufrimiento era tan grande y tan terrible que Zeus se apiadó de ellas y las convirtió en álamos. Sin embargo, las jóvenes siguieron llorando y sus lágrimas se transformaban en valiosísimo ámbar, que caía de los álamos sobre las arenas doradas de la orilla del río y se secaba a la luz del sol.

Zeus, queriendo consolar de alguna manera al inconsolable Sol, colocó al joven Faetón entre las estrellas de la bóveda celeste convertido en la constelación del Auriga.

¡Sabías que... el término «faetón» se acuñó a principios del siglo XIX para referirse a un carruaje deportivo, descubierto,

guiado por uno o dos caballos, con unas ruedas extravagante-
mente grandes? Era ligero, elegante y un tanto peligroso. Y hacía
una vaga alusión al mítico paseo de Faetón sobre el carro del
Sol.

# ERIS

## Y LA MANZANA DE LA DISCORDIA

*Se dice que Eris, la diosa de la discordia, siempre se reserva la última palabra en una discusión.*

La diosa Tetis, de pronto, dejó de luchar. Tras haberse convertido en serpiente, en pez escurridizo, león rugiente, fuego, agua, viento, árbol, pájaro, tigre, león, serpiente y, finalmente, en arena... retomó su aspecto natural. El de una mujer bellísima.

Peleo, su adversario, sintió la suavidad de su piel mientras continuaba estrechándola fuertemente entre sus brazos. La fragancia de sus cabellos dorados inundó su nariz. Y su corazón se sintió aliviado cuando los labios rojos y carnosos de ella dibujaron una mueca de rendición. Tetis lo miró a los ojos y murmuró:

—No es sin ayuda de los dioses que vences.

En el Olimpo todos los dioses esperaban este momento. La diosa Hera se levantó eufórica de su trono y gritó:

—¡Habrá boda!

Las otras diosas profirieron grititos de emoción mucho más mesurados e, inmediatamente, comenzaron a pensar en los excepcionales vestidos y en las espléndidas joyas que lucirían en el banquete.

Porque fue una celebración memorable. No sólo por lo que sucedió en su transcurso y por sus funestas consecuencias, sino por la fastuosidad, por el exceso, por la riqueza desplegada, por la belleza de los invitados y las invitadas, por los espléndidos regalos.

El enlace se celebró en la cumbre del monte Pelión, en la amplia caverna del centauro Quirón. Asistieron los dioses olímpicos, que se llevaron con ellos sus doce tronos. La propia Hera fue quien levantó la antorcha nupcial y Zeus entregó a la novia Tetis. Las parcas y las musas cantaron. El joven Ganímedes sirvió ambrosía, el néctar de los dioses, mientras cincuenta nereidas ejecutaban una danza sobre la arena blanca. Multitudes de centauros asistieron a la ceremonia cubiertos con guirnaldas de hierba y agitando saetas de abeto para desear buena fortuna a los novios.

Pero no todo era alegría en el Olimpo de los dioses, ni todos los dioses estaban felices y contentos. Había una diosa a la que nadie había invitado. Se llamaba Eris y era nada más y nada menos que la diosa de la discordia.

Los dioses sentían un profundo desagrado por aquella diosa. Algo visceral. Una aversión cercana a la repugnancia. Aquel ser monstruoso amaba, por encima de todo, la guerra en sus manifestaciones más brutales y mostraba un desmesurado gusto por la sangre y las masacres. Cuando comenzaba una batalla parecía pequeña, pero conforme aumentaban las cotas de violencia, Eris crecía y crecía hasta convertirse toda ella en fragor y horror. Y cuando cesaba el enfrentamiento, ella permanecía allí, complaciéndose de los actos de ensañamiento que cometían los vencedores, animándolos y regocijándose de la devastación que se había producido. Sólo Ares, dios de la guerra, que era su hermano, la soportaba.

No era casualidad, pues, que no se hubieran acordado de invitarla. O, mejor dicho, que se hubieran negado a invitarla.

Así que Eris estaba allí, en su solitaria cueva, en pie, sombría como la muerte, odiándolos uno por uno por la afrenta que le habían causado. Y temblaba de ira y de rabia de pies a cabeza. Y su mente barajaba los pensamientos más irracionales y odiosos para vengarse de los dioses. ¿Qué hacer? ¿Golpear con la mano el corazón de la tierra y provocar una lluvia de rocas ardiendo sobre los invitados? ¿Liberar a los titanes de su encierro y dejar que destruyeran el Olimpo? ¿Provocar tal estrépito de armaduras y escudos que el ruido resultara insoportable a los invitados? No, no podía hacerlo. Ares se enfadaría. Ares era bueno con ella. Pero si se irritaba era de lo peor. Peor que ella. No, no, ése no era el buen camino. Era preciso ser más sutil, más fría, más perversa.

Horas más tarde, la propia Eris intentó entrar en el banquete y no se lo permitieron. Pero la diosa de la discordia había acudido con un plan B. Comprobó que los guardianes de la puerta la temían. Lo veía en sus miradas y en el profuso sudor que caía por sus frentes. Se inclinó hacia delante como si fuera a deslizarse hacia la derecha. Enloquecidos, los guardianes se abalanzaron en esa dirección. Y entonces Eris saltó velozmente hacia el otro lado y alzando la mano por encima de ellos lanzó un objeto redondo sobre la mesa del banquete.

La conversación enmudeció. Aquel singular objeto había caído frente a la diosa Hera. Se trataba de una manzana, una manzana del jardín de las Hespérides, y tenía grabada una inscripción: «Para la más bella».

Tres manos sufrieron el impulso incontenible de tomarla: la de Hera, gloriosa por ser la esposa de Zeus y compartir su cama; la de Atenea, diosa de la justicia y la sabiduría; y la de Afrodita, diosa del amor.

Hera se consideró inmediatamente acreedora de la manzana y se levantó. Afrodita sintió un deseo abrumador de poseerla porque en aquel mismo instante había decidido que aquella manzana era el símbolo del amor. Una certera intuición le dijo que Hera jamás se la daría y que Atenea no la cedería jamás.

Las otras diosas no se atrevieron a moverse. No respiraron. Ninguna osaría enfrentarse a Hera, Atenea o Afrodita. Ninguna quería permanecer en la intemperie durante la tempestad que estaba a punto de estallar.

Zeus hizo una imperceptible señal a Hermes, que fue el más rápido en apropiarse del ahora ya codiciado tesoro. Las tres dirigieron sus miradas airadas hacia Zeus:

—Os amo a las tres. Las tres sois dignas de esta manzana. Pero no voy a ser yo quien se gane el odio eterno de las dos que no sean elegidas. Sé de un joven pastor llamado Paris que cuida sus rebaños en las praderas de Troya. Dadle a él la manzana y que él os juzgue y conceda el premio a la más bella.

Y con tal habilidad, Zeus traspasó la funesta responsabilidad a un pastor que aconteció ser el hijo de un rey. Pero ésa sería otra historia... que va a ser contada a continuación.

**¿SABÍAS QUE...** hoy día, al citar «la manzana de la discordia» se alude a un suceso o un objeto que, a primera vista, puede parecer absolutamente intrascendente pero que se convierte en el desencadenante de una catástrofe?

# EL JUICIO DE PARIS

## O LA LOCURA DE ELEGIR
## A LA MÁS BELLA

*La manzana de la discordia no estaba envenenada, pero sus efectos fueron letales para la ciudad de Troya.*

Zeus se despidió de las tres diosas antes de que descendieran a la tierra con la manzana de la discordia. Hermes, el dios mensajero, observaba la escena divertido. Zeus dijo:

—Hermes os conducirá ante Paris. Ese joven, de extraordinaria belleza, posee sangre real y es, a la vez, un simple pastor. Por ambas razones, creo que podéis confiar en su capacidad para elegir a la más a hermosa.

Afrodita miró a las otras desdeñosamente:

—Yo, padre, confiaré plenamente en su criterio. Porque ¿qué defecto podría hallar un humano en mi cuerpo perfecto? Pero tal vez ellas sí tengan alguna reticencia.

Hera respondió:

—Gracias por preocuparte por nosotras. Pero yo sé que Paris, quienquiera que sea, lo hará bien.

Zeus miró a Atenea, que había permanecido en silencio:

—Y, tú, mi pequeña. ¿Estás de acuerdo?

Ella asintió sin mediar palabra.

—Bien. Pues ahora quiero que algo quede claro. Sabéis que sólo una será la elegida. Quiero vuestra palabra de que las derrotadas no van a castigar al juez. No dejaré que hagáis daño a ese muchacho.

Las diosas hicieron deliciosos mohínes de horror y todas afirmaron entusiasmadas que Paris no sería objeto de represalias. «Que alguien se apiade del pobre Paris», pensó Zeus cuando las vio partir.

Ajeno a lo que sucedía, el joven pastor estaba en el campo cuidando de sus rebaños. Aquel día se sentía especialmente orgulloso porque había hallado un espléndido mirador, con pastos tiernos y jugosos, desde el que podía observar los tejados de la ciudad de Troya.

Paris sintió de repente cómo la tierra temblaba bajo sus pies. Inmediatamente aparecieron ante sus ojos Hermes y sus divinas acompañantes. Como el joven se estremeciera de miedo, Hermes le dijo:

—¿Por qué estás tan pálido, muchacho? Deja el temor atrás porque el propio Zeus, padre de los dioses y de los hombres, te ha elegido como juez en un litigio y ha decidido que seas tú quien entregue esta manzana a la diosa que lo merezca.

Paris tomó la manzana y leyó la inscripción: «Para la más bella». A continuación alzó la vista y se encontró con las tres diosas radiantes esperando su respuesta. Inmediatamente se dio cuenta de las implicaciones que conllevaba su decisión. Tartamudeó:

—Yo no puedo elegir entre tres diosas que son bellas por igual. No es fácil para un hombre mortal dejar de mirar a una para dirigir los ojos hacia la otra. Lo más justo sería dividir la manzana entre las tres.

Hermes negó con la cabeza:

—No está permitido el empate. Debes elegir.

Paris dijo entonces:

—Si he de tomar tal decisión, exijo que las perdedoras no se enfaden conmigo porque el error estará sólo en mis ojos.

Hermes dirigió una mirada a las diosas, que se apresuraron a asentir conciliadoramente.

Sin embargo, Atenea no parecía sentirse cómoda y murmuró.

—Afrodita lleva puesto el ceñidor que estrecha su figura dándole unas formas que subyugan a los hombres. Ella juega, pues, con una ventaja injusta.

Hera asintió:

—¡Y tampoco es de justicia que se haya puesto polvo de oro en el cabello y se haya pintado como una cortesana!

Afrodita hizo un discreto guiño a Paris que lo desconcertó.

—¿Qué debo hacer, señor? —preguntó Paris volviendo a tartamudear.

—Tú fijas las normas, pastor —rio Hermes.

—Entonces que se desprenda del ceñidor.

El percance no pareció molestar a Afrodita, que dijo:

—Mi cuerpo es perfecto con ceñidor o sin él. Pero, mi dulce Atenea, me veo obligada a confesar que a mí también me disgusta tu enorme casco. Te suplico, pues, que te lo saques y que muestres tu cabeza desnuda en vez de intimidar a nuestro joven pastor con la pluma horrenda que lo corona. Aunque será fatal para ti porque Paris descubrirá entonces el color indefinido de tus ojos.

Hera dio un paso adelante:

—Mírame, Paris y verás que soy mucho más que unos brazos blanquísimos y unos ojos exquisitos. Todo en mí es bello. Pero si todavía tienes alguna duda, te prometo que si me das la manzana te haré dueño y señor de toda Asia, que es mía.

Fue entonces el turno de Atenea, que se adelantó dulcemente arrebolada. Se quitó el casco con lentitud y su magnífica cabellera se desplomó exuberante sobre los hombros y sus ojos misteriosamente grises jugaron con los reflejos del sol.

—Contémplame, Paris, y juzga. Y si consideras que soy la más bella, te convertiré en un gran guerrero y conquistador y te haré vencedor en todas las batallas.

Finalmente, se acercó Afrodita. Con un ademán gracioso comenzó a desprenderse de su ceñidor. Y quiso la mala fortuna que la complicada operación afectara de una forma tan grave a su vestimenta que la túnica cayó y la parte superior del cuerpo quedó al descubierto. Sin embargo, Afrodita no pareció advertirlo y no se cubrió.

—¡Oh, Paris! Eres tan hermoso. Hace tiempo que tenía puesta la mirada en ti. ¿Cómo puede ser que un hombre como tú viva entre rocas y peñascos? ¿Por qué dejas que tu belleza se pierda en este desierto? ¿Qué satisfacción da tu hermosura a un rebaño de vacas? Tú has nacido para ser amado. Pero no por una de las rústicas muchachas de la región, sino por una mujer de verdad. Una mujer como Helena de Esparta, casi tan bella como yo. Si Helena te viera, Paris, sé que lo abandonaría todo por ti.

Paris murmuró hechizado:

—¿Helena? ¿Quién es Helena?

—¿No has oído hablar de ella? Qué extraño que jamás hayas oído mencionar a la mujer más hermosa del mundo. Cuando era niña, su belleza era tal que Teseo provocó una guerra al secuestrarla. Cuando creció y estalló en su condición de mujer, los hombres más poderosos de Grecia se dispusieron a luchar para poseerla. Una nueva guerra estuvo a punto de iniciarse. Menelao, sin embargo, consiguió hacerse con ella y convertirse en su esposo. Si me das la manzana, Paris, yo te daré a Helena.

—Pero ¿no dices que está desposada?

—Qué tonto eres, Paris. Eso puede arreglarse.

—Pero ¿cómo va a acceder Helena a abandonar a su marido para venir a mis brazos?

—Tú dame la manzana y yo pondré a Helena en tu cama.

—Toma —dijo Paris sin dudar—. La manzana es tuya.

Y tendió la manzana a Afrodita. Ella la tomó graciosamente y dirigió una mirada triunfal a las derrotadas:

—Decidme, ¿de qué os han servido el cetro de Asia o la gloria en la batalla? Rendíos, diosas, a mi victoria. Queridísima Hera; parece ser que tenías las Gracias a tu favor, pero debieron de andar despistadas cuando tanto las necesitabas. Y a ti, Atenea, que gozas de la espada de Ares y del fuego de Hefesto, ¡qué vanos fueron tus esfuerzos!

Hermes permaneció en silencio. La sonrisa había muerto en sus labios. Acababa de ver cómo Hera y Atenea miraban a Paris. Acababa de darse cuenta de que nada ni nadie podría detener la más terrible venganza. Pero ésa es otra historia... que también merece ser contada.

**¿SABÍAS QUE...** el tema del juicio de Paris es uno de los preferidos por los pintores de la historia del arte occidental? Les permitía incluir desnudos en sus cuadros sin levantar suspicacias.

# IFIGENIA

## DEBE MORIR

Para que la flota griega zarpara hacia la guerra de Troya sólo había un pequeño impedimento: que Ifigenia todavía estaba viva.

Agamenón entró en la tienda de campaña seguido de Menelao y de Odiseo. Su rostro estaba descompuesto por la ira y el dolor.

—¡Maldito el día que me eligieron jefe de esta locura! —gritó fuera de sí.

—¡Te recuerdo, Agamenón, que todos estamos atrapados en esta locura! Mi vida transcurría feliz en mi amadísima Ítaca cuando tú me obligaste a acudir al Áulide —replicó Odiseo con cara de pocos amigos.

—No me hagas reír, Odiseo. ¡¿O debo preguntar acaso quién tuvo la gran idea de que los hombres de Grecia juraran declarar la guerra a quien osara tocar a Helena, la mujer más bella del mundo?! —siguió vociferando Agamenón.

—Tal vez Menelao debió estar más atento a lo que hacía su esposa.

—¡Ja! ¡Ya sabía que yo acabaría siendo el culpable! —gritó Menelao.

—¡Cállate, Menelao! Agamenón debe tomar una decisión. Ahora.

Odiseo y Menelao enmudecieron esperando la respuesta de Agamenón.

—Es muy fácil exigir decisiones si no os afectan. Si no os veis arrastrados a sacrificar aquello que más amáis en este mundo.

—Es deseo de los dioses —dijo Menelao, colocando una mano que pretendía ser comprensiva sobre el hombro de su hermano.

—Algo debiste de hacer para enfurecer a la diosa Ártemis. —Odiseo lo miraba con dureza.

Menelao le lanzó una mirada siniestra. Pero Odiseo continuó:

—Ya hace demasiadas semanas que la flota griega permanece inmovilizada en Áulide. Las tropas están impacientes. Los soldados a un paso de amotinarse. La situación pronto será desesperada. O avanzamos hacia un enemigo común, o la guerra tendrá aquí su inicio, entre nosotros.

—¿Por qué debe morir Ifigenia? ¿Por qué mi dulce hija querida?

—Porque sólo así soplará el viento que debe conducirnos a Troya para rescatar a Helena.

Cayó el silencio entre los tres hombres. El astuto Odiseo pensaba en cómo conseguir que la joven Ifigenia acudiera al Áulide por su propia voluntad.

—Yo mismo la traeré. Haré que su madre Clitemestra me la ceda gustosa haciéndole creer que se casará con el héroe Aquiles.

—¿Aquiles? Jamás aceptará ser parte en este engaño.

—Con un poco de suerte, Aquiles nunca tendrá conocimiento de su breve noviazgo.

Agamenón aceptó por fin y cuando Odiseo ya salía lo tomó por el brazo y le murmuró al oído:

—Que por nada del mundo venga Clitemestra.


Odiseo cumplió parcialmente su promesa y, unos días más tarde, irrumpían en el campamento Ifigenia y su madre Clitemestra.

—¿Por qué has traído a Clitemestra? —gimió Agamenón, preocupado.

—Resultó imposible dejarla en Micenas. Cuando supo que Aquiles, hijo de la diosa Tetis, se casaría con Ifigenia, nada ni nadie habría podido detenerla. Incluso se ha empeñado en llevar consigo el vestido de la boda —respondió Odiseo.

—¿Por qué todo debe ser tan difícil? ¿Cómo puedo decirle a una madre que el vestido de novia de su hija será su mortaja?

Clitemestra e Ifigenia entraron en aquel mismo instante charlando animadamente.

—¡Padre! —exclamó la joven, emocionada, y se lanzó a sus brazos.

Clitemestra desaprobó unas muestras de cariño tan alejadas del protocolo.

—Pero, madre, hace tanto tiempo que no veía a mi padre que casi no recordaba su amado rostro. Y, además, quiero agradecerle que, aunque esté tan ocupado, haya tenido tiempo para pensar en mi futuro. Pero, padre, ¿lloráis? ¿Lloráis de felicidad?

Clitemestra supo enseguida que algo no iba bien. Al escalofrío que sintió en ese momento le siguió otro cuando Agamenón, a solas, le confirmó que ella no acudiría a la ceremonia.

—Pero ¿desde cuándo una madre no puede estar junto a su hija en un momento tan importante?

—Eres mujer y me debes obediencia. Partirás hacia Micenas en cuanto salga el sol.


Clitemestra ocultó su ira y salió de la tienda con el corazón alterado. ¿Qué sucedía? ¿Qué le ocultaban? Caminó hacia la playa. Necesitaba pensar. Un esclavo anciano seguía sus pasos vacilante. Iba a llamar su atención cuando alguien, de repente, surgió entre los arbustos.

—¡Me habéis asustado! —se sobresaltó Clitemestra.

—¿Sois una aparición, tal vez? —murmuró el guerrero, confundido.

—No, soy Clitemestra, la esposa del rey Agamenón, en carne y hueso.

—Entonces sabed que el guerrero Aquiles, hijo de la diosa Tetis y del rey Peleo, está a vuestros pies.

—¿Aquiles? ¿Vos sois Aquiles? ¡Qué felicidad conoceros al fin! Dadme un abrazo.

—Señora... no creo que a vuestro esposo Agamenón le complaciera.

—¡Pero si vamos a ser familia! No obstante, no os hagáis ilusiones, no dejaré que me llaméis «madre» ni después de la boda.

Aquiles no parecía comprender nada.

—¿Qué boda?

—¡Vuestra boda con mi hija Ifigenia!

—Señora, ¿os sentís bien? ¿O tal vez estáis bromeando?

Clitemestra lo observó con curiosidad:

—Hay cierto encanto en mostrarse tímido cuando se menciona la boda de uno. Pero vuestra timidez comienza a parecerme demasiado sospechosa.

—Señora, yo nunca he estado prometido a vuestra hija. Os doy mi palabra de que jamás nadie me hizo tal proposición.

En aquel momento reveló su presencia el esclavo que había seguido a Clitemestra. El anciano contó cómo, repentinamente, hacía ya semanas, el viento había dejado de soplar cuando el ejército griego se disponía a partir hacia Troya para rescatar a Helena, la esposa de Menelao, que había huido con el pastor Paris.

El adivino Calcas había desvelado que la diosa Ártemis tenía una cuenta pendiente con Agamenón y vaticinó que el viento no regresaría hasta que sacrificara a su primera hija en su honor.

—Ya veis, señora, han traído a la dulce Ifigenia para arrastrarla hasta el ara del sacrificio.

—No, no puede ser —sollozó Clitemestra—. Y, vos, Aquiles, ¿qué miserable papel habéis jugado en esta farsa?

Aquiles había permanecido en silencio.

—Os juro, señora, que no sabía nada. He sido usado con vileza. ¡Mi honor ha sido mancillado!

—¿Vuestro honor? ¿Es que no habéis oído las palabras del anciano? ¡Van a matar a mi hija!

Clitemestra se tambaleó. Aquiles se acercó para impedir que cayera al suelo sin sentido. Pero ella se aferró a su brazo y le imploró:

—¡Ayudadme, señor! Ifigenia no tiene a nadie que la proteja si es su propio padre quien la ha hecho venir para deslizar el cuchillo por su frágil garganta.

—Os ayudaré. No voy a permitir que Agamenón me convierta en un juguete de sus oscuras artimañas.

Clitemestra lo miró agradecida y se marchó corriendo hacia la tienda donde la esperaba Ifigenia, ajena a su negro futuro. Allí fue donde las encontró el rey Agamenón. En el mismo instante que puso el pie en la estancia, supo que ambas conocían ya su secreto.

Agamenón se llevó las manos al rostro en un gesto de profunda desesperación:

—No lo comprendéis, mujeres. No comprendéis que si es terrible entregar a mi propia hija al sacrificio, igual de terrible sería no hacerlo. Un deseo loco impulsa a los guerreros griegos a partir hacia Troya. Si yo no acepto, ellos te matarán igualmente. Tú ya estás muerta, mi dulce, mi pequeña Ifigenia. Grecia considera que la ofensa hecha a Helena es una ofensa hecha a cada una de las mujeres griegas. Y tú mueres por todas ellas.

Agamenón huyó sollozando. Clitemestra lo miró con un profundo desprecio.

—Tu padre huye y te rinde a Hades, el dios del inframundo.

No había terminado de pronunciar estas palabras cuando

sonó el ruido metálico de las armaduras en el exterior. Ifigenia se abalanzó sobre su madre:

—¡Vienen a por mí!

Clitemestra e Ifigenia permanecieron abrazadas, paralizadas por el terror, hasta que descubrieron que no era el verdugo sino el propio Aquiles quien acudía a su presencia. El aspecto del guerrero era deplorable. Parecía llegar del campo de batalla.

—El ejército exige que se lleve a cabo el sacrificio.

Ifigenia se separó de su madre y se dejó caer en una silla con las manos cubriendo su rostro pálido de muerte.

Clitemestra no se daba por vencida:

—¿Y no hay nadie que se enfrente a ellos?

—Yo lo hice y corrí peligro.

—¿Vos? ¿En peligro?

—De ser lapidado.

—No debió de ser por salvar a mi hija.

—Por salvarla fue.

—¿Quién se atrevería a poner un solo dedo sobre vos?

—Los hombres griegos, uno y todos.

—¿Y no estaban vuestros guerreros mirmidones para defenderos?

—Ellos fueron los primeros en tomar las piedras.

Clitemestra miró a su hija, que se había levantado llena de horror.

—Me acusaron de tener las manos atadas por causa de este matrimonio.

—¿Y qué les respondisteis?

—Les supliqué que me concedieran la vida de la mujer a la que estaba prometido.

Clitemestra e Ifigenia lo observaron llenas de admiración.

—Pero fui atacado.

Aquiles guardó un instante de silencio y fijó su mirada llena de determinación en Ifigenia.

—No voy a abandonaros, señora.

Ifigenia murmuró:

—¿Vais a luchar contra ellos desarmado?

—¿Es que tal vez no tengo unos brazos fuertes para luchar?

—Prometedme, Aquiles, que mi niña no será sacrificada —gimió Clitemestra.

—No con mi consentimiento.

—Pero ¿vendrán a buscarla?

—Vendrán con Odiseo a la cabeza.

—¿El hijo de Sísifo?

—El mismo.

—Hombre implacable. ¿Actúa según su decisión o cumpliendo órdenes?

—Ambas cosas.

—¡Maldición! Y si Ifigenia se opone, ¿la tomará contra su voluntad?

—Sí, la arrastrará de su cabello dorado. No hay duda de ello.

—Entonces estamos perdidas. Todo ha terminado.

Ifigenia habló. Las palabras de su padre y ahora las de Aquiles le habían mostrado la realidad en su versión más cruda.

—Aquiles, quiero daros las gracias por vuestra ayuda, pero sé que vuestros fuertes brazos no detendrían la furia de un ejército embravecido. No serviría de nada llevaros a la muerte. Además, ahora veo cómo todo recae sobre mi persona. Sin mi muerte, las naves griegas no podrán zarpar. De mí depende el triunfo sobre Troya. No tengo, pues, derecho a aferrarme a la vida si el simple hecho de que siga respirando impide a todo un ejército cumplir su cometido. Si la diosa Ártemis ha decidido que mi frágil persona es necesaria para dar inicio a la gran aventura, aceptaré gustosa mi destino.

Aquiles la miró con tristeza:

—Bellísima Ifigenia, hija del rey Agamenón. ¿Cómo pude estar prometido a una mujer como tú sin saberlo y, ahora que he descubierto que existes y eres real, perderte? Eres una mujer noble y valiente.

Se inclinó ante ella con respeto y salió.

—Madre, ¿por qué guardas silencio y dejas que las lágrimas busquen caminos por tus mejillas? Tu misión es hacerme fuerte y no cobarde.

Clitemestra acarició aquel rostro tan amado.

—Necesito que hagas algunas cosas por mí.

—Lo que desees, mi niña querida.

—No cortes tus trenzas cuando haya muerto. No vistas luto.

—¿Me pides, hija mía, que no llore tu muerte?

—No, no llores mi muerte porque no tendrás tumba a la que acudir. El altar de una diosa será mi tumba.

—Así lo haré, si tú lo deseas.

—También debo pedirte otra cosa, pero te será más difícil darle cumplimiento.

La madre la miró a los ojos y asintió.

—No odies a mi padre, tu marido, Agamenón. Es contra su voluntad que me lleva a la muerte.

—¡Pero se sirvió de la traición!

Ifigenia la miró suplicante:

—¡Madre!

Y Clitemestra juró con los ojos bajos para que su hija no viera el odio que ocultaban.

Ifigenia no quiso que su madre la acompañara. No quería que la viese morir. Fue el anciano esclavo quien prestó su brazo para conducirla hasta el lugar donde la esperaba el altar del sacrificio. Los dos caminaron lentamente hacia la playa. Por allí donde pasaban, se producía un silencio inmediato y los soldados abandonaban sus ocupaciones y los seguían sin hacer ruido.

Cuando Agamenón los vio llegar, sus ojos se nublaron con las lágrimas y se cubrió el rostro con un velo para que nadie viera debilidad en su dolor.

Odiseo, que estaba junto a Agamenón, temió que el temple de Ifigenia desapareciera en el último instante e hizo un discreto signo a los guardas para que se dirigieran a la muchacha y la tomaran antes de que opusiera resistencia. Sin embargo, Ifigenia levantó el brazo con autoridad:

—¡Deteneos! Que nadie ponga sus manos sobre mí porque yo misma voy a ofrecer mi cuello al filo de la espada sin una palabra de protesta. Acepto mi muerte si ése es el deseo de los dioses. ¡Que la ayuda que yo pueda proporcionaros os traiga la buena suerte! Espero que con mi sacrificio obtengáis el regalo de la victoria y que regreséis triunfantes a la tierra de vuestros padres.

El silencio de un ejército emocionado fue la respuesta a sus palabras. Calcas, el adivino, tomó su afilada espada y preparó el recipiente de oro donde caería la sangre de la muchacha. Su voz sonó extraña:

—¡Oh, diosa Ártemis, bella cazadora, acepta la ofrenda que te dedica el ejército griego con Agamenón a su cabeza!

Te entregamos la sangre pura de una doncella hermosa y amada por su gente. Deja ahora que el viento sople y garantiza una navegación segura para nuestros barcos.

Nadie se atrevió a mirar cómo el hierro se acercaba al blanquísimo cuello de Ifigenia. Y, súbitamente, sucedió el milagro. Se produjo un ruido singular y el adivino gritó. Ifigenia había desaparecido y, en su lugar, moría una hermosa cierva. Calcas clamó entonces:

—La diosa ha aceptado el sacrificio y nos promete un viaje próspero. ¡Animad los corazones! ¡Id a los barcos porque ahora mismo partimos hacia Troya!

Los hombres prorrumpieron en un grito unánime de furia y de triunfo y corrieron a los barcos. Una leve brisa erizó la piel de los guerreros y comenzó a agitar sus cabelleras. ¡El viento soplaba por fin!

¿Qué pasó con Ifigenia? La diosa Ártemis se había compadecido de ella y había puesto un ciervo en su lugar. Ifigenia no murió, pero ésta es otra historia... que también merecería ser contada.

¿SABÍAS QUE... Ifigenia se convirtió, en el ideario occidental, en el símbolo del sacrificio individual por el bien de la mayoría?

# LAOCOONTE

## Y EL CABALLO DE TROYA

La guerra de Troya, que duró diez años, culminó con la aniquilación de la ciudad. Hubo un momento en que los troyanos podrían haber esquivado su fatal destino. Pero se empeñaron en no ver las señales que presagiaban su destrucción.

Alguien se tomó la libertad de despertar al rey Príamo a pesar de la hora intempestiva. Lo que había sucedido era excepcional e inexplicable.

—¡Señor! ¡Señor! ¡Mi rey! ¡Levantaos al momento! ¡Debéis saber que el ejército griego ha retirado el asedio de la ciudad de Troya! Que las playas han sido abandonadas. Que los griegos quemaron todas sus posesiones convirtiendo la arena en un mar de cenizas y se marcharon con sus naves.

Príamo salió de sus estancias temblando de emoción.

—¿Estáis seguros, soldados? ¿Las playas donde medraban sus campamentos están vacías?

—Vacías... o casi. En medio de la arena se alza una estatua prodigiosa.

Príamo se estremeció.

—¡Vamos, rápido! Llevadme junto a ella.

Se trataba de una colosal escultura construida con tablones de pino que ostentaba la forma de un caballo. Sobre uno de sus costados, unas enormes letras talladas rezaban: «Gracias por permitirnos regresar a salvo a nuestros hogares. Dedicamos esta ofrenda a la diosa Atenea».

Los troyanos se habían reunido en torno al caballo y no ocultaban su sorpresa. Pronto comenzó una agitada discusión. ¿Qué hacer con él?

—Puesto que es un regalo para Atenea, propongo que lo entremos en la ciudad de Troya y lo llevemos hasta el templo de la diosa.

—¡No, hay que destruirlo!

Ganó la primera opción y los troyanos arrastraron el caballo hacia la ciudad. Pero resultó ser demasiado grande para traspasar sus puertas. Los hombres abrieron una brecha en la muralla pero no fue suficiente. Se vieron obligados a ensancharla hasta tres veces.

Entonces apareció Casandra, la hija del rey Príamo. El rey torció el gesto. ¡Otra vez no! ¿Quién había soltado a la loca? Casandra interpuso su cuerpo entre el caballo y el gigantesco agujero que habían practicado en las murallas de la ciudad.

Abrió los brazos dramáticamente. Los troyanos soltaron las cuerdas y el artefacto quedó inmóvil.

—¡Deteneos, ciudadanos! ¡No permitáis que el caballo entre en Troya! Su vientre es hueco y está lleno de guerreros griegos preparados para asesinaros esta misma noche.

Todo lo que había dicho era cierto, pero sobre Casandra pesaba una terrible maldición. Aunque sus profecías eran auténticas, nadie las creía jamás.

Príamo tomó a la delicada muchacha del brazo y la arrastró a un lado. Casandra se resistía con fiereza:

—¡Te dije que no volvieras a mentir! ¡Casandra, me obligarás a encerrarte en una torre!

—¡No miente! ¡Por todos los dioses! ¡Casandra no ha mentido!

Aquellas palabras desesperadas habían sido pronunciadas por el sacerdote Laocoonte, que llegaba corriendo, casi sin respiración.

—La muchacha no miente. ¡Este caballo es una trampa!

Al instante se elevaron las voces de los que antes dudaban:

—¡Quemémoslo!

Sin embargo, el rey Príamo y sus partidarios no quisieron ceder:

—El caballo entrará en Troya.

Laocoonte rugió:

—¡Necios! ¡No os fiéis de los griegos ni siquiera cuando os hagan regalos!

Y lleno de ira arrojó su lanza, que fue a clavarse en el costado del caballo. El armatoste se tambaleó y se oyó claramente el entrechocar de armas y escudos en su interior.

Pero los troyanos no lo oyeron. Ya se sabe que no hay peor sordo que el que no quiere oír. Los troyanos querían creer que la guerra había terminado y que había llegado el momento de celebrar la paz.

Laocoonte, desesperado, se rindió ante la evidencia.

—¡Haced lo que queráis, ciudadanos de Troya! ¡Llevad la muerte hasta las entrañas de la ciudad!

Y todavía agitado comenzó a organizar el sacrificio de un enorme toro en honor del dios Poseidón:

—Por lo menos que el dios del mar envíe nubes de tormenta a las naves griegas que han zarpado esta noche.


Fue ése el instante en que la diosa Atenea ordenó a dos terribles serpientes que abandonaran sus escondrijos ocultos en parajes inaccesibles. Las temibles bestias se dirigieron hacia la costa troyana.

Las serpientes rugían por encima del agua y su fuerza inaudita separaba las olas cuando las atravesaban. Los habitantes del mar asistían aterrorizados a su paso. Las ninfas, cuando las vieron, lanzaron tales gritos de terror que la diosa Afrodita, desde el Olimpo, miró angustiada hacia la tierra.

Cuando los monstruos se aproximaron a la costa troyana, se produjo un terremoto que alarmó a los troyanos que observaban cómo el sacerdote Laocoonte preparaba el sacrificio.

Poco antes de entrar en la arena, las serpientes alzaron sus aterradoras cabezas y mostraron sus letales colmillos. Y acto seguido se lanzaron sobre los dos hijos de Laocoonte.

Los niños, desde la agonía, suplicaron ayuda a su padre. El sacerdote tomó un arma y se lanzó sobre las bestias. Pero ya era demasiado tarde. El don de la vida ya había abandonado el cuerpo de sus hijos cuando llegó junto a ellos. Fue entonces cuando las serpientes dirigieron sus miradas inyectadas en sangre hacia él.

Nada pudo hacer Laocoonte para detener el mismo abrazo mortal que había acabado con su prole. Los animales se enroscaron en su cintura y en su cuello. Laocoonte, con la cabeza salpicada de sangre y las venas a punto de estallar por el esfuerzo de la lucha, clamaba al cielo. Sus gritos eran tan desgarradores que muchos troyanos los compararían más tarde con los que lanza un toro destinado al sacrificio cuando el verdugo ha fallado con la espada.

Cuando Laocoonte enmudeció, las serpientes abandonaron su cadáver y se deslizaron rápidamente hacia el templo de Atenea para desaparecer tras el escudo de la estatua de la diosa.

Los troyanos habían presenciado la masacre paralizados por el terror, las mujeres abrazando a sus hijos y los hombres sobrepasados por la ferocidad de los monstruos. Enseguida, el rey Príamo tomó la palabra:

—Laocoonte ha sido castigado. Él mismo buscó su muerte en el momento que clavó su lanza en el costado del caballo y profanó el carácter sagrado de esta ofrenda con su ira. Para que el enfado de la diosa Atenea no se extienda a nosotros, llevemos el caballo hasta su templo y roguemos por su benevolencia.

Los troyanos aceptaron las palabras de su rey y, con gran esfuerzo, arrastraron hasta el corazón mismo de la ciudad de Troya el caballo de madera cuyo interior estaba repleto de guerreros griegos. Lo que sucedió aquella misma noche haría temblar al más valiente. Pero ésa sería otra historia... que también merece ser contada.


**¿SABÍAS QUE...** en algún momento comenzó a circular la leyenda de que, en el siglo II a. J.C., un escultor realizó una escultura extraordinaria que representaba de forma estremecedora la lucha de Laocoonte y sus hijos contra las serpientes y el dramatismo terrible de su agonía?

Una mañana de frío invierno del año 1506, en pleno Renacimiento, llegó al Vaticano la sorprendente noticia de que la escultura legendaria había sido hallada. El papa Julio II —un enamorado del arte clásico— envió inmediatamente a dos de los mejores artistas del momento, Sangallo y Miguel Ángel, para que valoraran el descubrimiento.

Cuando Sangallo la vio, a pesar de que estaba llena de tierra, no pudo evitar gritar: «¡Éste es, sin duda, el Laocoonte que mencionaba Plinio!». Miguel Ángel fue algo más parco en palabras, pero la impresión que le produjo aquella tremenda escultura cambió el devenir de la escultura del Renacimiento.

Sin embargo, la historia no acaba aquí, porque a las figuras de la legendaria escultura les faltaban algunas extremidades. Este inconveniente generó una polémica ya que el potente brazo de Laocoonte era imprescindible para comprender la estructura compositiva de todo el grupo escultórico.

Miguel Ángel opinaba que el brazo de Laocoonte estaba doblado sobre sí mismo luchando contra la serpiente. Otros escultores estaban seguros que alzaba el brazo alto en un gesto heroico. El papa Julio II celebró una consulta informal entre los escultores y triunfó la opción del brazo erguido, y así restauraron la escultura.

Y, de nuevo pasaron los años, y quiso el tiempo que, en 1905, un arqueólogo localizara en una tienda de antigüedades el brazo original de Laocoonte. ¿Y sabéis qué...? Miguel Ángel tenía razón.

# CASANDRA

## Y LA MALDICIÓN DE APOLO

*Casandra sabía que sus palabras eran ciertas pero que nadie la creería. Sabía que Troya caería pero todos desoyeron sus advertencias.*

Casandra era una princesa troyana. ¿Cómo describirla? Cabello rojo rizado, ojos azules, piel de melocotón. Francamente hermosa. Incluso se habían referido a ella como «la segunda mujer más bella del mundo». Con el permiso de Afrodita y de Helena de Troya, claro. También era inteligente, encantadora, deseable, elegante, amistosa, gentil. Su único problema era que estaba loca, o al menos eso creían los que vivían a su lado. Para desgracia de todos.

No la encontró en ese estado de desgracia el dios Apolo cuando la conoció. No sabemos con exactitud cuáles fueron las palabras que le dirigió, conmovido por la belleza de la joven. Tal vez fuera un tópico como:

—Para mí, el mundo se ha hecho un poco más bello desde este mismo instante.

Casandra se ruborizó levemente y bajó los ojos con timidez, pero no se apartó. Apolo sintió la invitación oculta tras aquella mirada azul y se lanzó hacia su espejismo.

Al final de la tarde cayó a los pies de la bella mujer y le prometió lo que quisiera a cambio de que fuera su esposa.

—Quiero ser profetisa.

—Eres ambiciosa, Casandra.

—Y tú intentaste engañarme, Apolo.

—¿Supiste desde el principio quién era?

Casandra hizo un mohín.

—Quiero ser profetisa.

—Y yo te quiero a ti en cuerpo y alma.

—Entonces concédeme el poder que te pido y seré tuya.

Y Apolo, loco de amor, le enseñó todos los secretos del arte de la profecía. Y después exigió su recompensa.

Casandra se zafó de su abrazo con cierta hostilidad y un leve temor.

—Me has engañado, Casandra. Jamás quisiste darme tu amor.

Casandra retrocedió temblorosa. Sus ojos se anegaron.

—No... no puedo. No puedo. Soy virgen.

—Debiste pensarlo antes, Casandra.

La joven cayó al suelo sollozando:

—Por favor, por favor...

La pasión de Apolo se convirtió en ira, y la ira dio paso a una fría calma.

—De acuerdo, Casandra. No estoy enfadado. Olvidémoslo todo. Venga, muchacha. Despidámonos con un beso.

Casandra levantó sus hermosísimos ojos húmedos y lo miró sorprendida. Se incorporó lentamente y dejó que el dios se acercara hasta que sus labios casi se rozaron.

Pero jamás llegó a producirse el beso porque Apolo la agarró con fuerza de los brazos y la atrajo bruscamente hacia sí. Entonces escupió en los labios de la mujer y murmuró con voz ronca:

—¿Querías el don de la profecía? Lo tendrás. Pero yo te maldigo y jamás nadie te creerá.

Y aquí comenzó el terrible sufrimiento de Casandra, fuente de dolor y de frustración que la acompañó durante toda su vida. Si sus conciudadanos hubieran creído sus profecías, la ciudad de Troya jamás habría caído en manos de los griegos, que la saquearon, la destruyeron y prácticamente la borraron de la faz de la tierra. Sin embargo, ésta es otra historia... que también merece ser contada.

¿SABÍAS QUE... el «síndrome de Casandra» describe a aquellos que son capaces de adivinar qué sucederá pero que no pueden hacer nada para evitarlo porque nadie les cree? Un tanto previsible, ¿no?

# ATENEA
## Y SU CURIOSO NACIMIENTO

*Atenea nació mujer. Vestida y armada. Jamás fue niña.*

Aquella mañana Zeus iba caminando pero, en realidad, le parecía que volaba. Todavía tenía el sabor de los labios de la diosa Metis en los suyos. Y las consabidas mariposas agitándose en su estómago. ¡Estaba enamorado!

El padre de los dioses y los hombres sonrió al entrar en la estancia donde charlaban amigablemente Urano, el dios del cielo, y Gaya, la diosa de la tierra. Zeus se sorprendió al descubrir que no le devolvían el saludo. En realidad, ni parecían verlo. Se sentó junto a ellos e insistió:

—¡Buenos días!

Urano siguió hablando sin demostrar haberse apercibido de la presencia de Zeus.

—Ese muchacho puede perderlo todo.

—Lo sé, Urano. Pero es él quien ha elegido meterse en el lecho de Metis, la diosa del sabio consejo.

—Sin embargo, ella sí es sabia. Su sabiduría está por encima de la de los hombres y de los dioses. Por muy enamorada que esté sabe que este matrimonio no le conviene.

—Pero Zeus es muy convincente.

—Deberías hablar con él, Gaya. Contarle el secreto de Metis.

Gaya negó con la cabeza.

—Jamás haría nada que pudiera dañar a esa hermosa niña.

—Alguien debería contarle a Zeus las profecías que la propia Metis ha anunciado. Alguien debería decirle a Zeus que si yace en el mismo lecho que Metis dará luz a una niña que será tan fuerte y tan sabia como él mismo.

—Pero la niña no es la amenaza.

—Si Zeus durmiera de nuevo con la dulce Metis, engendraría un niño de espíritu dominante, rey de dioses y de hombres, que conquistaría el universo y sería el nuevo padre de los dioses y los hombres. Y eso no nos conviene. Ahora estamos bien.

—Alguien debería decírselo a Zeus.

—Yo jamás haría nada que pudiera herir a nuestra pequeña Metis.

Zeus entendió entonces por qué Urano y Gea fingían no verle. Se levantó de su asiento y se marchó lleno de dolor.

Ahora comprendía por qué Metis le había dicho que no.

Por qué había luchado contra él con todas sus fuerzas para que no la poseyera. Con su poder para metamorfosearse se había transformado en mil y un seres, pero Zeus había seguido adelante imponiendo la fuerza frente las argucias de la hermosa diosa.

Así que Zeus se dirigió hacia donde estaba Metis. Ella sonrió al verlo llegar. Zeus se esforzó para que Metis no leyera en sus ojos que ya conocía su secreto.

Por un momento pensó en cuánto debía a la joven diosa. Gracias a Metis, Crono se bebió el brebaje fatal que le hizo vomitar todos los hijos que se había tragado previamente para que no lo destronaran. Gracias a Metis, Zeus y los hijos regurgitados de Crono pudieron vencer a Crono. Gracias a Metis, Zeus era el padre de los dioses y los hombres.

¡No dejaría de serlo! No dejaría que nadie le arrebatara el imperio del cielo y de la tierra como él se lo había arrebatado a Crono. Y para que tal eventualidad no se produjese jamás, Zeus decidió hacer lo mismo que su padre había hecho antes.

Posó las manos en los hombros delicados de Metis y la miró a los ojos. Sabía que sería difícil engañar a la diosa que era más sabia que todos los dioses y todos los hombres. Pero contaba con una ventaja: ella confiaba en él.

De repente, la caricia de Zeus se convirtió en una poderosa tenaza y el dios la arrastró hacia sí y la engulló. Y Metis permaneció prisionera dentro de él. Y las voces más benevolentes dijeron que aquello no era malo porque ella, que era más sabia que los dioses y los hombres, infundiría sabiduría a sus decisiones.

Zeus no contaba, sin embargo, con que Metis estaba embarazada.

El tiempo transcurrió y un día el dios sintió un dolor tan intenso en la cabeza que no podía resistirlo. Comenzó a gritar como un loco y a pedir que el titán Prometeo se presentara ante él. Cuando Prometeo llegó, le gritó:

—Coge tu hacha y quítame el dolor de la cabeza.

Prometeo se negó al principio. Sin embargo, los berridos de Zeus eran tan convincentes que tomó su hacha, la elevó por encima de la testa del padre de los dioses y partió con fuerza su coronilla.

Y de aquella brecha surgió una mujer bellísima, vestida con armadura y empuñando su espada. Y su grito de guerra hizo temblar al cielo y a la tierra. Y como es lógico, el hecho de salir de la propia cabeza de Zeus provocó que fuera la diosa de la inteligencia; y la circunstancia de que naciera armada la convirtió en una diosa guerrera.

Y Gaya tembló y Urano también tembló. Y se miraron a los ojos y supieron que había nacido aquella niña que iba a ser tan fuerte y tan sabia como su padre. Que no era una amenaza. Y también supieron que, de alguna manera, habían contribuido a que todo su mundo continuara como era. Como ellos deseaban que fuera.

Había nacido Atenea, la diosa de los ojos brillantes; la diosa de los ojos de mochuelo, ojos capaces de ver en la oscuridad. Su vida iba a ser apasionante. Pero ésta sería otra historia... que también merece ser contada.

¿SABÍAS QUE... en numerosas ocasiones veces se habló de Atenea como de la diosa sin madre, sin mencionar jamás a Metis? En los siglos IV y V se generó una controversia sobre esta gestación en la que no había intervenido ninguna mujer. Los textos médicos del momento debatían si la figura masculina simplemente depositaba una semilla dentro de la figura femenina que crecía y se convertía en embrión; y se preguntaban si la mujer contribuía de alguna manera en todo el proceso. Por aquel entonces se inclinaban por la negación de la figura femenina, prefiriendo el concepto del «primer hombre».

# HEFESTO

## Y SU TRAUMÁTICO NACIMIENTO

*Cuando Zeus dio a luz la poderosa Atenea de su propia cabeza, Hera, que ya era su esposa, se sintió profundamente humillada y celosa. Ella no iba a ser menos.*

Así que la propia Hera decidió engendrar un hijo sin ayuda masculina. Y lo hizo. Ella sola concibió y dio a luz a un bebé que resultó ser débil y con las piernas deformes.

Herida en su amor propio, la diosa tomó al pobre recién nacido y lo arrojó desde el Olimpo. El pequeño dio vueltas y vueltas y más vueltas en el aire hasta que fue a caer en medio del océano.

Tetis lo recogió del mar y, junto con Eurínome, lo cuidaron en la isla de Lemnos. Aquél sería el lugar más amado por aquel niño que había recibido el nombre de Hefesto. Durante los muchos años que vivió junto a ellas aprendió a ser herrero y a fabricar objetos que maravillaban a quienes los veían.

Hefesto adoraba trabajar en una cueva que estaba tan cerca del mar que oía a todas horas su murmullo incesante e incluso podía sentir el extraño sonido de la espuma de las olas al romperse contra las rocas.

Los magníficos objetos que fabricaba comenzaron a llamar la atención y llegaron peticiones desde todos los confines, incluso del Olimpo. Fue entonces cuando a Hefesto se le ocurrió una posibilidad que fue madurando lentamente: la venganza.

El dios herrero fabricó regalos para todos los dioses y a la diosa Hera le dedicó un hermoso trono de oro, aparentemente el mejor de los regalos.

Hera lo miró fascinada. La belleza de aquel artilugio superaba la de todos los que había visto a lo largo de su vida. Confiada se sentó en él y colocó sus blanquísimos brazos sobre los brazos de la silla, que parecieron acogerla tiernamente. Pero, en aquel mismo instante, algún resorte invisible se accionó y la diosa quedó atrapada en la trampa de oro. Hera permaneció, pues, prisionera en su propio trono.

De nada sirvieron los esfuerzos por devolverle la libertad. Nada liberaba a Hera de aquella cárcel dorada. El tiempo pasaba. Hera había dejado atrás la ira y había comenzado a sollozar, cambio que preocupó mucho a Zeus, que estaba más acostumbrado a la furia de su esposa que a su desesperación.

Pronto llegaron noticias del herrero que había forjado aquella exquisita maravilla.

—¿Hefesto? ¿Hefesto? ¿Quién es Hefesto? —se preguntaban los dioses, reunidos alrededor del trono-prisión de Hera.

—¡Hefesto! —gritó la diosa. Y el silencio llegó a todos los rincones del Olimpo. Todos la miraron expectantes.

Hera había inclinado la cabeza sobre el brazo, pero cuando oyó el nombre, la ira, por fin, volvió a recorrer sus venas:

—Claro que sé quién es. Sólo que esperaba que estuviera muerto. Cuando Zeus, sin mi participación, dio vida a la diosa de ojos brillantes, nuestra querida Atenea, que es la excelencia entre todos los dioses sagrados, yo misma decidí engendrar un hijo sin su ayuda. Y nació Hefesto, un ser débil y además cojo, una vergüenza y una desgracia para mí en el Olimpo. Así que yo misma lo tomé con mis propias manos y lo arrojé al mar. Pero Tetis lo rescató y cuidó de él. ¡Ojalá hubiera hecho otro servicio a los dioses y no éste! ¡Haced que venga inmediatamente ese miserable!

Sonó una voz a lo lejos:

—Hefesto se ha negado a subir al Olimpo. Parece ser que guarda un pobre recuerdo de los ocho días que invirtió dando volteretas hasta caer en el océano. Además, sorprendentemente, afirma que no tiene madre.

Una sombra de hilaridad recorrió la asamblea de dioses. Pero Zeus no iba a permitir que la situación se prolongase.

—A quien consiga que Hefesto suba al Olimpo, le ofreceré a mi hija Afrodita en matrimonio.

Afrodita no se sintió en absoluto ofendida por verse convertida en un simple trofeo. Intercambió una mirada de complicidad con Ares, el dios de la guerra, que por aquel entonces era el hombre de su vida, y Ares dio un paso adelante:

—Yo traeré a Hefesto.

Y bajó a la tierra e intentó arrastrar a Hefesto hasta el Olimpo. Lo que nunca había previsto era que no sería tan fácil rendir al dios del fuego. Hefesto se defendió de sus ataques con una convincente lluvia de metal ardiente. De tal manera que, finalmente, cabizbajo y humillado, Ares regresó al Olimpo para reconocer ante la asamblea de los dioses que había sido vencido. Y para enfrentarse con la furiosa Hera y con la ahora desesperada Afrodita.

—El maldito herrero sólo hablará con Dioniso.

Dioniso era el dios del vino, y era muy divertido y muy ocurrente, y además contaba con la total y absoluta confianza de Hefesto. Así que mantuvo una interesante charla con el dios herrero y la acompañó de un buen vino. Y cuando la charla hubo terminado, Hefesto, que ya estaba más que borracho, accedió a subir al Olimpo y, a instancias de Dioniso, también decidió reclamar para sí el trofeo que estaba en juego, que no era ni más ni menos que la mano de la bellísima Afrodita, la diosa que cualquier mortal o inmortal deseaba.

Y así fue como Hefesto recuperó a su madre Hera, y Hera recuperó al hijo que había lanzado en caída libre. Y ambos perdonaron sus mutuos errores y agresiones y se amaron intensamente. Y Hefesto se casó con Afrodita. Pero si pensáis que vivieron felices y comieron perdices estáis muy equivocados. Primero, porque en aquel entonces no se estilaban estos banquetes. Y, segundo, porque ello ya sería otra historia, que evidentemente... merece ser y será contada.

¿SABÍAS QUE... curiosamente, tanto Hefesto como Atenea, que tuvieron nacimientos tan poco convencionales, se convirtieron en los dioses que más destacaron en proporcionar talento a los artistas mortales y en enseñar a los hombres las artes que embellecen y adornan la vida?

# HEFESTO

## Y LA INFIDELIDAD DE AFRODITA

La vida amorosa del matrimonio formado por Hefesto y Afrodita fue tan espléndida como cualquiera podría imaginarse en los brazos de la diosa del amor. Sin embargo, Afrodita era muy generosa con su amor y podía compartirlo con otros.

Así que, cuando Hefesto se ausentaba por motivos profesionales, Ares, dios de la guerra, corría a ocupar su lecho y a retozar con Afrodita. Probablemente Hefesto habría continuado en la inopia si no fuera porque un día los amantes permanecieron juntos más tiempo del acostumbrado y el dios Sol, que todo lo ve, cuando amaneció, posó la mirada sobre ellos y corrió a informar a Hefesto del adulterio.

Hefesto, que era muy pasional, se encerró en su forja con el corazón completamente partido. Allí comenzó a preparar su venganza, un tema que ya había tratado antes. Diseñó una red formada por finísimos eslabones de bronce, demasiado delgada para que el ojo pudiera percibirla. Era más fina que un tejido de seda o que la red de una araña, casi irrompible, y se ajustaba a la perfección al lecho que compartía con Afrodita.

Aquella noche le dijo a Afrodita que se marchaba a la isla de Lemnos, el lugar de la tierra que más amaba, y ella lo despidió con una dulce sonrisa y con una mirada llena de amor. Momentos después ya llegaba Ares. Afrodita lo recibió con una dulce sonrisa y con una mirada llena de amor. Ares se estremeció de expectación:

—Ven, amor mío. Vamos a la cama para darnos placer. Hefesto ya debe de haber llegado a Lemnos.

Afrodita pareció encantada con el plan. Así que ambos se dirigieron al dormitorio y practicaron los ejercicios habituales de estos lances, sin saber que Hefesto los espiaba y que su plan estaba cumpliéndose a la perfección.

Cuando los amantes alcanzaban las más elevadas cumbres del placer, la red invisible se accionó y los aprisionó. Y así quedaron, fundidos en un abrazo que ya no era deseado. Sin más vestimenta que su piel. Y con la terrible visión del marido ultrajado solicitando como un energúmeno la presencia de todos los dioses para hacerlos testigos de su humillación.

Así que el palacio que Hefesto había construido a su amada Afrodita pronto se llenó de dioses curiosos, rendidos a la rumorología. Las diosas, por algún extraño sentido del decoro, permanecieron en sus casas.

Hefesto iba y venía por la habitación, gritando como un loco, esperando a que llegara su suegro. Afrodita, atrapada en los brazos de Ares, se sentía profundamente avergonzada ante las miradas furtivas de los dioses congregados.

Pronto llegó Zeus, el padre de Afrodita, y Hefesto le deparó una dura bienvenida:

—Me diste a tu hija en matrimonio. Pero ella siempre ha amado al destructivo Ares porque es hermoso y tiene unas piernas fuertes y yo soy cojo desde mi nacimiento. ¡Mira a los dos amantes! Yacen abrazados en mi propio lecho. Verlos enferma mi corazón, pero permanecerán prisioneros de mis ingeniosas cadenas hasta que me hayas devuelto todos los regalos que te entregué a cambio de tu hija lasciva. Porque la mujer que me diste posee una gran belleza, pero ningún sentido de la vergüenza.

Si Hefesto estaba furioso, Zeus lo estaba todavía más:

—¿Es que eres estúpido, Hefesto? Esto no es más que una vulgar disputa entre marido y mujer. ¿Por qué has convertido tu deshonor en un espectáculo?

Hefesto tenía los ojos llenos de lágrimas:

—Porque tú me la diste.

Zeus abandonó la casa de Hefesto lleno de ira y sin aceptar ninguna negociación. Pero el resto de dioses permanecieron amontonados en aquella estancia fascinados ante la gran belleza que se les ofrecía. Un deje de sorna flotaba en el aire.

—Estos engaños nunca prosperan —se decían unos a otros.

—El más rápido acaba siendo superado por el más lento. Mirad a Hefesto, el lento de piernas, con su inteligencia ha derrotado al más rápido de los dioses olímpicos.

Apolo dio un codazo a Hermes y mientras éste se retorcía de dolor le preguntó:

—Aunque tuvieras que pasar esta vergüenza, ¿no te cambiarías tú por Ares?

Hermes murmuró con una pasión tan sincera hacia Afrodita que sorprendió a todos:

—Juro por mi vida que no me importaría en absoluto yacer en este lecho, abrazado a la diosa del amor, ni aunque hubiera tres redes más aprisionándome y todas las diosas estuvieran aquí presentes, mirándome con infinito desprecio.

Los presentes se rieron. Poseidón los fulminó con la mirada. Él no podía tomarse la escena con tanto humor porque al ver a Afrodita se había enamorado locamente de la diosa. Desesperado se dirigió a Hefesto:

—Libérala, por favor. Ella ya ha sufrido bastante.

—¿Pagarás tú los regalos que hice a Zeus?

—No, lo hará Ares, que es el culpable de esta sinrazón.

Hefesto le dirigió una mirada torva:

—Las promesas hechas por gente que no es de fiar no son de fiar.

—Hefesto, si Ares niega su deuda, yo mismo pagaré lo que pides.

Entonces Hefesto soltó la red, y tanto Ares como Afrodita huyeron llenos de vergüenza. Afrodita se marchó a Chipre. Ares a Tracia.

Evidentemente, Ares nunca respondió por aquella deuda. Tampoco lo hizo Poseidón. Ni tampoco Hefesto presentó reclamación alguna. El dios del fuego estaba tan profundamente enamorado de su esposa que, en realidad, no deseaba el divorcio.

En el capítulo de agradecimientos, Afrodita fue muy generosa. Halagada por la pública confesión de amor de Hermes, pasó una noche con él y le dio a Hermafrodito. También dio dos hijos a Poseidón por haberla defendido tan gallardamente, otro a... hasta que Hera la castigó por ser tan pródiga, o promiscua, como se quiera ver.

En el capítulo de las venganzas, cuando Hefesto se dio cuenta de que el tiempo transcurría y transcurriría sin que Ares recibiera castigo por la afrenta que le había hecho, decidió traspasar la venganza sobre la dulce Harmonía, la hija que había nacido del celebérrimo encuentro entre Ares y Afrodita.

El día de su boda, Hefesto regaló a Harmonía un collar

maldito. La vida de quien lo poseyera estaría siempre inmersa en el dolor y la tragedia. Harmonía y sus descendientes fueron víctimas de esta terrible maldición. Pero ésta sería otra historia que..., por supuesto, también merece ser contada.


¿SABÍAS QUE... la figura del herrero ha sido considerada como un dios en muchas culturas? Lo que resulta singular es que en lugares tan lejanos entre sí como África occidental o Escandinavia, el dios herrero fuese habitualmente cojo. Tal vez, en aquellos tiempos un herrero resultara tan valioso que las tribus los mutilaran a propósito para evitar que huyeran y se aliaran con el enemigo.

# HERMAFRODITO

## Y EL AMOR DE LA NINFA SALMACIS

*Hermafrodito no calculó hasta qué punto era peligrosa una náyade enamorada.*

Hermafrodito era el dios que nació después de que Afrodita agradeciera a Hermes la sincera confesión de amor y admiración que el susodicho hizo el célebre día en que Hefesto, su marido, le tendió una trampa para hacer pública su condición de adúltera.

Hermafrodito, que como hemos afirmado reunía el nombre de su padre y el de su madre en el suyo propio, también reunía en su persona los mejores atributos de sus progenitores.

Lo cuidaron las náyades del monte Ida y cuando ya era un muchacho sintió la necesidad de recorrer el mundo y vivir aventuras. Y así lo hizo. Dos años después, un día cualquiera, su vida cambió para siempre.

El joven llegó a un hermoso manantial de aguas cristalinas. El fondo se adivinaba limpio de plantas molestas. Tampoco había juncos ni vegetación salvaje. Hermafrodito sonrió complacido. Si hubiera sabido lo que le esperaba allí dentro habría huido más rápido que un conejo perseguido por un sabueso.

Cerca de aquel manantial de ensueño vivía Salmacis. Salmacis era una joven náyade, una de las pocas de aquella zona que la diosa Ártemis no conocía. Y es que a la joven no le agradaba tensar el arco para disparar o unirse a la cacería o esforzarse en correr para ganar una carrera. Sus hermanas la llamaban:

—¡Ven, Salmacis! ¡Prepara tu espada! ¿Dónde has dejado tu carcaj pintado? ¡Ven con nosotras! ¡Ven a cazar!

Pero Salmacis no quería oír hablar de espadas ni de arcos ni de flechas. La joven prefería pasar su tiempo en el manantial de aguas cristalinas que acababa de descubrir Hermafrodito.

Salmacis se bañaba durante horas y después invertía largos ratos peinándose sobre las rocas. Y pasaba largos ratos también mirando su hermoso rostro reflejado en el agua y preguntando:

—Aguas de mi manantial secreto. Vosotras, que sois testigos del arte con que peino mi cabello, decidme: ¿con qué peinado estoy más bella?

Pero las aguas guardaban silencio.

Pues bien, aquel fatídico día Salmacis estaba durmiendo en un lecho de hojas que se había fabricado ella misma cuando un sutil ruido la despertó. El corazón le dio un vuelco. Unos pasos más allá se hallaba el hombre más hermoso que había visto en su vida. Se frotó los ojos y se pellizcó para demostrarse a sí misma que estaba despierta. Sí. Lo estaba. Su corazón se inflamó de deseo al momento.

Sin embargo, fue capaz de reprimir el impulso de lanzarse directamente a los brazos del desconocido. Encontró fuerzas para repasar su vestuario hasta dejarlo en orden, para esperar a que sus ojos brillaran de nuevo después de haber dormido y para comprobar que su peinado parecía recién hecho. Salmacis quería estar adorable para el impresionante joven. Así que salió a su paso y le dijo tímidamente:

—Hermoso muchacho. Pareces un hombre honesto. Más que un hombre, un dios. Sí, un dios. Pareces el mismo Eros. Felices deben de ser tus padres por haberte alumbrado. Feliz tu hermano. Feliz tu hermana si la tienes. Feliz la mujer que te cuidó cuando eras un niño. Pero de lejos, de lejos, la más feliz será la mujer que desposes, la que encuentres digna de tu amor. Si esa mujer ya existe, dímelo aunque la alegría se vea robada de mi corazón para siempre. Si no hay ninguna, hazme tu prometida.

Una vez terminado su apasionado discurso, la joven se calló

y esperó. El color había huido de las mejillas de Hermafrodito. Era hombre de pocas palabras. Sólo logró articular un claro:

—No.

Salmacis se desesperó. Comenzó a rogar, a suplicar, a implorar. Sin el más mínimo resultado. Entre sollozos le dijo:

—Por lo menos, hermoso varón, bésame como a una hermana.

Hermafrodito sabía que ella no se conformaría con el beso de un hermano. Así que se negó a negociar.

—No.

Entonces Salmacis pasó a la acción y se lanzó sobre él y rodeó con los brazos el masculino cuello de marfil. Hermafrodito se liberó al momento del inesperado abrazo y gritó:

—¡Suficiente! No hay espacio para los dos aquí. O te vas tú o me voy yo.

Salmacis cambió su estrategia:

—De acuerdo. Te cedo mi manantial, extranjero. Es todo para ti.

Se volvió para marcharse y con una triste mirada de despedida desapareció entre la maleza. Y cuando estuvo segura de que él ya no la veía, se ocultó entre los arbustos para observarlo en secreto.

Hermafrodito, ingenuamente, respiró tranquilo. ¡Por fin solo! Puso un pie en el agua. Estaba fresquísima. Sonrió encantado y comenzó a desprenderse de sus ropas.

Salmacis no perdía detalle. Cuando lo vio desnudo, se abrasó de nuevo y sus ojos brillaron de pasión. Sin embargo, todavía no se lanzó sobre él. Esperó.

Hermafrodito se sumergió en el agua e, inmediatamente, se sintió embriagado por su frescor y comenzó a dar amplias brazadas de pura felicidad.

Desde la maleza, una voz ronca murmuró:

—¡He ganado!

Y Salmacis se arrancó los vestidos y saltó al manantial. Desapareció bajo las aguas y, de repente, surgió como un monstruo al mismo lado de Hermafrodito. Se agarró a él y él luchó por deshacerse de su abrazo. Pero ella parecía haberse quedado adherida a su cuerpo. Cuánto más la rechazaba, con más fuerza lo retenía ella, con más pasión intentaba besarlo, con más avidez acariciarlo.

—¡Suéltame, por favor!

Pero Salmacis gritaba:

—¡Loco, lucha conmigo cuanto quieras. Jamás te dejaré escapar!

Y manteniendo su abrazo como un acto de desesperación, Salmacis suplicó a los dioses:

—¡Dioses! Por favor, ¡ayudadme! ¡No permitáis que el día muera si he de separarme de él!

Y algún dios debió de escucharla porque los dos cuerpos se mezclaron en uno solo. El ser resultante no era un hombre completo ni una mujer completa. Era un cuerpo que no se parecía a ninguno de los dos y a la vez tenía similitudes con ambos. Así, en la parte superior lucían los pechos de una mujer mientras que en el inferior destacaban los genitales de un hombre.

La dura realidad golpeó a Hermafrodito y le recordó que se había sumergido en el manantial como un hombre y que ahora lo abandonaba convertido en media mujer y que sus músculos eran más débiles y más blandos.

Así que el joven dios cayó de rodillas sobre la arena y, loco de desesperación, gritó al cielo que lo acababa de condenar:

—¡Hermes, padre mío! ¡Afrodita, madre! Vuestros nombres mezclados hicieron el mío y yo siempre lo llevé con orgullo. Os suplico que cualquiera que entre en estas aguas como hombre, emerja de ellas con la condición de mujer, instantáneamente debilitado.

Tanto Hermes como Afrodita escucharon la súplica de su hijo de dos sexos y respondieron a su petición impregnando el manantial de un poder maldito que, afirman, ha perdurado hasta hoy. Pero lo que sucedió después de esta maldición ya es otra historia... que también merece ser contada.

¿SABÍAS QUE... la palabra «hermafrodita» y todas las connotaciones que la acompañan hicieron fortuna en los más insospechados campos? En la mitología es un ser divino que combina los dos sexos y que es representado, habitualmente, con el cuerpo de una mujer pero con genitales masculinos.

En biología, un hermafrodita es un animal o una flor que reúnen en un mismo individuo los órganos reproductivos femeninos y masculinos. Por ejemplo, una flor que contiene los estambres y el pistilo dentro del mismo cáliz. O un animal invertebrado capaz de reproducirse sin la unión de dos individuos.

Incluso lo encontramos como símbolo en la alquimia, que era el intento de fabricar oro a partir de mercurio, azufre y otras sustancias. Como querían mantener el secreto para los no iniciados, usaban figuras mitológicas como el hermafrodita para confundir a los intrusos.

# ADONIS

## Y EL AMOR DE LAS DOS DIOSAS

*Afrodita y Perséfone lo amaron locamente. Se enfrentaron por él. Pero ninguna de las dos pudo salvarlo.*

Ha habido muchas especulaciones sobre qué o quién impulsó a la joven Mirra a cometer un pecado tan deleznable. El inicio de nuestra historia encuentra a la pobre Mirra corriendo hacia el bosque para salvar su vida. Su propio padre la persigue, espada en mano, dispuesto a acabar con ella. Mirra siente que las fuerzas la abandonan. Sus sollozos le impiden respirar. Ya no puede correr más. Pero antes de caer al suelo y aceptar su muerte, suplica a los dioses:

—¡Dioses! ¡Ayudadme! Os ruego que me hagáis invisible.

Algún dios se apiadó de ella y la convirtió en un árbol que sería llamado «mirra» y que, según afirman, tiene la corteza siempre húmeda por sus lágrimas. No había llegado, sin embargo, el final de las penalidades de la pobre Mirra, porque, transcurridos nueve meses, el tronco del árbol se había abombado de una forma muy poco ortodoxa, que más bien recordaba a la enorme barriga de una embarazada. Efectivamente, en el interior de aquel árbol había crecido un bebé que ahora, llegado el momento, pugnaba por salir.

El tronco se curvaba dramáticamente porque la presión era fortísima. Sin embargo, Mirra no podía encontrar palabras ni tampoco gritar para llamar a la diosa de los partos. El árbol crujía y temblaba y comenzó a cubrirse de las lágrimas que provenían del dolor y del esfuerzo. Finalmente, la corteza del árbol se desgarró y un llanto infantil surgió de su interior. Las náyades, que habían acompañado a Mirra en su terrible parto, se apresuraron a colocarlo sobre la hierba y lo bañaron en las lágrimas de su madre.

Cuando la diosa Afrodita, que casualmente pasaba por allí, vio la belleza de aquel recién nacido se sintió fascinada por él y decidió quedárselo para ella. Para mantenerlo oculto a los dioses no se le ocurrió otra cosa que enviárselo a Perséfone, diosa del inframundo, encerrado dentro de un cofre.

Aunque estaba claro que el cofre no debía ser abierto, Perséfone no pudo evitar echarle un vistazo. Y cuando vio aquel niño tan hermoso y tan perfecto decidió quedárselo para ella.

Así que pasaron los años y el pequeño, a quien llamaron

Adonis, fue creciendo. Y no perdió ni un ápice de su belleza ni de su encanto. Y cuando ya era un joven hecho y derecho, tenía a las dos diosas, tanto Afrodita como Perséfone, perdidamente enamoradas de él.

Como Perséfone se negara a entregarle el joven a Afrodita, la diosa del amor, furiosa, acudió a Zeus. Y Zeus hizo lo que acostumbraba a hacer cada vez que una diosa peligrosa lo obligaba a ejercer de árbitro: decidió que quien debía decidir sobre la custodia del joven era un tercero.

La controvertida decisión recayó en la musa Calíope, que estableció que Afrodita tuviese a Adonis un tercio del año, Perséfone dispusiera de él otro tercio y que, durante el tiempo restante, el joven fuera libre para decidir dónde quería estar.

Adonis decidió pasar los cuatro meses de libre disposición con Afrodita, que utilizaba su ceñidor mágico para doblegar su voluntad. Pero ni siquiera eso mitigó el enfado que sentía Afrodita por la decisión de Calíope. Y aunque lo que había establecido Calíope podría parecer sensato a la mayoría, Afrodita no lo consideró así y se vengó de ella haciendo que las mujeres de Tracia concibieran un amor tan salvaje por Orfeo, el hijo de la musa, que acabaron despedazándolo en un momento de pasión descontrolada. Pero ésa sería otra historia... que también merece ser contada.

Así que Adonis vio su vida dividida entre dos diosas: una

que lo amaba en las profundidades de la tierra y otra que lo esperaba para vivir con él entre la tierra y el cielo.

Con el perdón de Ares, Adonis fue el gran amor de Afrodita. La diosa se volvió loca por él. Llegó a preferirlo a las comodidades del Olimpo. Se aferró a él y lo convirtió en su compañero inseparable. La diosa del amor olvidó, incluso, que no amaba la caza y se dedicaba a recorrer bosques y montañas en compañía del joven mancebo. Había desechado su riquísimo vestuario en favor de una túnica corta parecida a las que usaba la diosa Ártemis para cazar, y se hacía seguir siempre de sabuesos prestos a recuperar las piezas que obtenían.

Podría haber sido un caso de fijación personal o, simplemente un presentimiento, pero lo cierto es que Afrodita no se cansaba de decirle a Adonis que olvidara la caza mayor:

—Debes alejarte de los lobos salvajes, de los jabalíes acorralados, del oso y del león.

Adonis la escuchaba medio dormido, con la cabeza apoyada sobre el regazo de la diosa. Sin embargo, Afrodita no cejaba en sus advertencias, si es que las advertencias pueden ser de algún uso:

—Jamás te enfrentes con un animal que te mira a los ojos porque es inteligente. Nunca te precipites, amor mío.

Nunca provoques una pelea contra la naturaleza que ataca generosamente armada. Piensa que las lágrimas no sientan bien a mi belleza.

Y lo besó con ternura.

—Y jamás te acerques a un jabalí. Tengo un odio especial hacia esos animales.

Después de repetir sus advertencias una y mil veces, Afrodita partió hacia Chipre en su carro celeste guiado por cisnes porque ya no podía retrasar más algunos asuntos derivados de su condición de diosa del amor.

Adonis se sintió liberado de tanta advertencia y para demostrar que el exceso de información no acostumbra a ser bueno, tomó sus armas y sus sabuesos y se adentró en el bosque. Cuando se topó con un jabalí oculto en la maleza decidió que estaba perfectamente capacitado para enfrentarse a él.

Así que tomó su espada, avanzó sin miedo hacia el animal, y clavó la hoja de acero hasta lo más profundo. A continuación puso pies en polvorosa porque el jabalí no pareció muy afectado por la caricia de la espada y sí muy enfadado por las libertades que se había tomado Adonis. El jabalí lo alcanzó instantes después e inmediatamente hundió los colmillos en las tiernas carnes del amante de Afrodita y se aseguró de que toda la vida abandonara aquel cuerpo maravilloso.

Afrodita oyó los alaridos de muerte de su amado y cuando volvió la cabeza lo vio desde el cielo, tendido sobre la hierba mientras la sangre huía de su cuerpo igual que lo había hecho la vida hacía sólo un instante.

Poco después ya lo tenía entre los brazos y, sollozando, lo estrechaba contra su pecho:

—Mi amor, no voy a dejar que desaparezcas de esta manera. Quiero que la memoria de mi dolor perdure para siempre.

Afrodita tomó un poco del néctar que bebían los dioses y lo vertió sobre la sangre de Adonis. Inmediatamente surgió una flor roja como la misma sangre a la que el viento dio su nombre: anémona. Es una flor de belleza breve y tan delicada que incluso una brisa ligera puede desprender sus pétalos.

El dolor de Afrodita fue tan grande que parece ser que nubló su entendimiento y nunca se planteó de dónde había salido ese jabalí. Las malas lenguas, que hay muchas, sí buscaron culpables alternativos a la simple inexperiencia del joven Adonis. La mejor candidata era Perséfone, que corrió a contarle al dios Ares los amores entre Afrodita y Adonis. Tal vez Ares, loco de celos, se convirtiera en un jabalí asesino.

Después de muerto, Adonis fue a parar al inframundo, cosa que sólo podía beneficiar a Perséfone. Cuando Afrodita se dio cuenta de que Perséfone podría disponer del alma de su amado durante todo el año, corrió de nuevo a Zeus, que esta vez concedió seis meses a cada diosa.

¿**Sabías que...** «adonis» es la palabra usada para referirse a un joven muy hermoso? Pero la historia de la figura mitológica de Adonis va más allá de esta simple banalidad y se remonta al mismo ciclo de la naturaleza. Adonis es el niño nacido de un árbol que pasa bajo tierra la parte del año en que la naturaleza muere o está dormida, es decir, el invierno. Y asciende a la superficie cuando se inicia la primavera y llega el renacimiento de la naturaleza.

# PIGMALIÓN
## Y SU ESTATUA

*Aunque parezca extraño, hubo algunos hombres en la antigüedad que se enamoraron de estatuas. El engorroso asunto acabó llamando la atención de prestigiosos teólogos como Clemente de Alejandría, que llegó a plantear que, en algunos casos, la escultura podía llevar a los hombres a la locura. Pero no siempre sucedió así. Tomemos, si no, la historia de Pigmalión.*

El joven Pigmalión no había vivido una buena relación con el género femenino y por esta razón se mantenía soltero. Consideraba que la naturaleza había llenado los corazones de las mujeres de errores irreparables.

Sin embargo, algo debía de encontrar de bueno en la mujer porque dedicó su tiempo libre a esculpir un pedazo de marfil extraordinariamente blanco con unas formas que respondían, inequívocamente, a las de una fémina.

Pigmalión era un escultor excelente y aquella estatua resultó ser exquisita, bellísima. Era tan hermosa que el escultor acabó enamorándose de su propia creación.

Pigmalión miró otra vez la escultura. Sintió que sus manos temblaban. Las contempló. ¿Cómo podían haber creado algo tan hermoso? Pasó tímidamente los dedos por el brazo de la estatua porque por un momento le había parecido que era la piel tersa y suave de una muchacha. Se olvidó de que era de marfil y la besó levemente y quiso imaginarse que los labios de ella respondían. Con la voz entrecortada murmuró: «¡Amor mío!». Y la estrechó entre sus brazos y se estremeció porque le pareció que la carne de ella se hundía donde él había hundido sus dedos.

Pero la locura no acabó ahí. Pigmalión comenzó a hablar con la estatua, siempre paciente, siempre atenta. Incluso se sentía admirado porque ella siempre mostraba su silencioso acuerdo y nunca lo interrumpía.

Comenzó a llevarle regalos que habrían complacido a cualquier mujer: unas piedrecillas redondeadas que había encontrado en la orilla del río, una concha que contenía el sonido del mar, un pájaro, flores de colores, e incluso las valiosísimas lágrimas de ámbar de las Helíades.

Le compró ricos vestidos y adornó sus dedos con anillos; un hermoso collar ciñó su cuello y las perlas pendieron de sus graciosas orejas.

Cuando la contempló, ya no le pareció una estatua bellísima. Era una mujer perfecta. Así que la depositó suavemente sobre el lecho que había dispuesto para ella, cubierto con lujosas colchas, y colocó mullidas almohadas bajo su cabeza, confiando que la estatua pudiera apreciar su suavidad. «Eres mi esposa, mi única, bella y preciosa esposa.» Pero ella no respondía.

Llegó el día dedicado a la diosa Afrodita. Pigmalión se mezcló con la multitud y lo celebró con fervor. Era una fiesta que Afrodita amaba especialmente porque había nacido en Chipre. Así que, desde el Olimpo, la diosa andaba observando con agrado cómo habían sido elegidas las vaquillas más blancas para serle sacrificadas y se regocijaba con el intenso olor del incienso, cuando su mirada distraída se posó sobre un hombre que acababa de hacer su ofrenda, cuya devoción excedía de largo a la del resto de los ciudadanos.

Afrodita sintió curiosidad y escuchó sus palabras:

—Si es verdad, diosa Afrodita, que puedes conceder un deseo, yo te suplico con todo mi corazón que me concedas una esposa...

Pigmalión temía sus propias palabras. Dudó un momento:

—... que me concedas una esposa igual que mi estatua de marfil. Es tan hermosa, mi diosa. Aunque no se acerque, ni de lejos, a tu esplendorosa belleza. Ella es tan hermosa...

Afrodita sonrió. Había comprendido a la perfección lo

que deseaba Pigmalión. Así que quería que su bonita estatua se convirtiera en su esposa. Quería que la vida inundara aquel cuerpo inerte de marfil.

La diosa envió un signo para que Pigmalión supiera que había sido escuchado. La llama que había encendido el joven escultor se alzó brillante y altiva en el aire por tres veces. Pigmalión quedó como hipnotizado. Un hombre que estaba a su lado lo sacudió:

—¿Qué has pedido, muchacho? Sea lo que sea, la diosa te lo ha concedido.

Otro se rio:

—Pero no siempre uno recibe lo que esperaba. ¿Qué pediste, muchacho? Dínoslo porque a nosotros no nos ha sido concedida gracia alguna.

Pero Pigmalión no respondió. Se levantó tambaleándose y corrió como un loco hacia su casa. Los viejos le habrían seguido gustosos, pero es que la ilusión da alas y ellos no tenían ni lo uno ni lo otro.

Toda la fuerza que lo había impulsado en su carrera desapareció en el momento que puso su mano sobre la puerta. ¿Qué encontraría tras su madera rugosa? ¿Habría respondido la diosa a sus oraciones o se habría burlado frívolamente de él? Apoyó la frente sobre la madera, temblando como una hoja.

Pero entró. Tanto lo deseaba. Tanto amaba a su estatua.

Pigmalión se dirigió al lecho donde la había dejado y se inclinó sobre ella. Pasó un dedo por sus mejillas de marfil y se le antojaron más duras que la noche anterior. No se rindió y la besó suavemente. Sintió como si los labios de ella estuvieran tibiamente receptivos. Otra vez la besó y apoyó la cabeza sobre su pecho esperando sentir su corazón. Todavía no. Pero el marfil parecía reblandecerse al acariciarlo y su firme textura cedía a la presión de sus dedos. No, no podía ser. Nadie podía ser tan afortunado.

Se incorporó y tomó la mano de la estatua. Sí, sí, tenía pulso. Notó sus venas, notó el ritmo de la vida bajo la piel blanca de la muchacha.

—Gracias, gracias, Afrodita —sollozó Pigmalión mirando hacia el cielo. Y entonces, como para sellar su agradecimiento, se inclinó sobre el cuerpo palpitante que estaba en el lecho y lo besó apasionadamente.

Y ¿qué paso con la hermosa estatua? La mujer que comenzó a respirar bajo el marfil abrió en algún momento los ojos y vio por primera vez la luz y vio por primera vez el cielo. Y notó cómo unos labios se apretaban violentamente sobre los suyos y cómo un cuerpo temblaba sobre su cuerpo.

Ovidio afirma que su primer pensamiento fue agradecer a la diosa Afrodita que la hubiera convertido en mujer y que también le agradeció que le hubiera sido concedido el matrimonio.

Cuando la luna hubo salido nueve veces, la novia estatua dio a luz a una preciosa niña a la que llamaron Pafos, y de ella tomó su nombre la isla donde vivían.

Y hoy día uno se pregunta, ¿fue feliz la vida de la novia estatua? Evidentemente, eso sería otra historia... que nunca fue ni será contada.

**¿SABÍAS QUE...** los pensamientos y anhelos de la mujer tenían poca relevancia en una sociedad tan misógina como la griega, que conservaba grabado a fuego el concepto de la inferioridad de la mujer? La idea que los hombres tenían de las mujeres ha quedado reflejada en sus escritos con frases tan reconfortantes como:

Telémaco, el hijo de Odiseo, se dirige a su madre, que ha intentado arbitrar en una discusión entre los invitados a su propia casa: «Tú vuelve a tus salas y atiende a tus propias labores, a la rueca, al telar, y asimismo, a tus siervas ordena que al trabajo se den; lo del arco compete a los hombres, y entre todos a mí, pues tengo el poder de la casa». *La Odisea* (XXI, vv. 350-353). Homero (s. IX a. J.C.), poeta griego.

«La naturaleza da cuernos a los toros, cascos a los caballos, ligereza de patas a las liebres; a los leones su abismal dentadura, a los peces el arte de nadar, a los pájaros el de volar, a los hombres la cordura; para las mujeres ya nada tenía. ¿Qué les da, entonces? La belleza en vez de todos los escudos, en vez de todas las lanzas; pues vence al hierro y al fuego la que es bella.» *Anacreónticas*. Hesíodo (s. VIII a. J.C.), poeta griego.

«Hay un principio bueno, que ha creado el orden, la luz y el hombre; y un principio malo, que ha creado el caos, las tinieblas y la mujer.» Pitágoras (582-500 a. J.C.), filósofo y matemático griego.

«El silencio es un adorno en la mujer.» *Áyax*. Sófocles (496-406 a. J.C.), dramaturgo griego.

«Lo único en el mundo peor que una mujer es otra.» Aristófanes (445-380 a. J.C.), dramaturgo griego.

«De aquellos que nacieron hombres, todos los que fueron cobardes y se pasaron la vida haciendo maldades fueron transformados, en su segundo nacimiento, en mujeres.» *Timeo*. Platón (428-347 a. J.C.), filósofo griego.

«Tenemos a las hetairas para el placer, a las concubinas para que se hagan cargo de nuestras necesidades corporales diarias y a las esposas para que nos traigan hijos legítimos y para que sean fieles guardianes de nuestros hogares.» Discurso en el juicio contra una prostituta, *Contra Neera*. Demóstenes (385-322 a. J.C.), político griego.

«La hembra es hembra en virtud de cierta falta de cualidades.» / «Y también en la relación entre macho y hembra, por naturaleza, uno es superior y otro inferior, uno manda y otro obedece.» *Política*. Aristóteles (384-322 a. J.C.), filósofo y científico griego.

«La esposa no debe tener sentimientos propios, sino que debe acompañar al marido en los estados de ánimo de éste, ya sean serios, ya alegres, pensativos o bromistas.» *Moralia*. Plutarco (46-125), biógrafo y ensayista griego.

# PANDORA
## Y LA TINAJA MALDITA

*Pandora es otro ejemplo de mujer prefabricada. Si Pigmalión diseñó una mujer para su uso personal, mucho tiempo atrás los dioses habían inventado a la mujer para vengarse de los hombres.*

El titán Prometeo sentía debilidad por los hombres. Y ésa fue su perdición. Él mismo los había creado con un poco de barro y ahora sentía el destino de la humanidad indefectiblemente unido al suyo propio.

Por ello, cuando Zeus lo llamó para que lo ayudara a resolver las dudas que tenía respecto a la parte que los hombres debían ofrecer a los dioses al sacrificar a los animales, se dejó llevar por su parcialidad. Ni corto ni perezoso, tomó un buey sacrificado y repartió sus restos en dos bolsas. En la primera puso toda la carne y la cubrió con el estómago del animal, que era la parte menos atractiva. Y en la segunda colocó los huesos y encima depositó una gran cantidad de apetitosa grasa. Entonces presentó las dos bolsas a Zeus para que decidiera cuál prefería.

Zeus cayó ingenuamente en la trampa y eligió la bolsa que rebosaba grasa. Pero cuando vio los huesos debajo se dio cuenta del engaño de que había sido víctima.

—¿Te crees muy gracioso? —tronó lleno de furia.

Prometeo no podía dejar de reírse.

—Muy bien. Me quedaré con los huesos y con la grasa. ¡Pero los hombres se comerán la carne cruda!

Y les quitó el fuego. Y lo que había comenzado como una broma acabó como una catástrofe para la humanidad porque los hombres se morían de frío al no poder calentarse.

En este punto es preciso hacer un inciso para hablar sobre cómo eran aquellos hombres que tanto amaba Prometeo. En aquellos tiempos todavía no existía la mujer y ellos vivían en un mundo que desconocía la enfermedad, no necesitaban proveerse de comida y dedicaban gran parte de su tiempo a honrar a los dioses.

Perder el fuego fue un golpe tan duro para los hombres que Prometeo se lo jugó todo a una carta para recuperarlo. Se coló en el Olimpo y robó un poco de fuego del carro del Sol para que la humanidad pudiera calentarse de nuevo.

Prometeo sabía que su acción tendría consecuencias. Zeus era un buen amigo pero podía convertirse en un enemigo peligroso. Y él, nunca mejor dicho, había jugado con fuego. Así que corrió a la casa de su hermano Epimeteo.

—Buenas noches, hermano.

—Llevas mala cara. ¿Qué has hecho ahora?

—Simplemente he cumplido con mi deber. Pero probablemente seré castigado por ello. ¿Puedo pedirte que protejas a los hombres por mí?

Epimeteo había perdido el color de su rostro.

—¿Qué has hecho, Prometeo? ¿Por qué veo el miedo en tus ojos?

—Eso no importa.

—Sí importa. No voy a arriesgarme por esos malditos humanos que serán tu perdición.

—Son vulnerables.

—¿Recuerdas qué hizo Zeus con los titanes que se opusieron a él durante la guerra? Nuestros hermanos siguen sufriendo castigos eternos.

—Pero yo te advertí que Zeus ganaría y, gracias a mi consejo, luchaste a su lado y no contra él.

—¡Que Zeus haga lo que le plazca con los hombres! Yo no me interpondré.

Prometeo se dio cuenta de que su hermano no cedería. Temía demasiado a la ira de Zeus.

—Zeus va a castigarme, lo sé.

—Te creo. Por algo te llaman «el previsor».

—Zeus no se detendrá conmigo. Quiere destruir aquello que amo.

—Entonces yo estoy a salvo.

—Hermano. Por favor, no aceptes ningún regalo que venga del padre de los dioses. Te lo digo por tu bien.

Epimeteo se quedó en silencio pensando si estaba dispuesto a cumplir la promesa.

—Así lo haré.

Prometeo lo abrazó con ternura. Y cuando puso el pie fuera de la casa de Epimeteo supo que su suerte estaba echada.

Zeus lo arrastró hasta lo alto de una montaña en el corazón del Cáucaso y lo encadenó allí. Un águila se abatió sobre él y comenzó a arrancarle el hígado con crueles picotazos. Cuando llegó la madrugada, titiritando de frío, sintió que su hígado se regeneraba lentamente. La mañana lo encontró aterido y temblando. Entonces apareció de nuevo el águila y toda la pesadilla comenzó de nuevo. Y así día tras día. Por toda la eternidad.

Sin embargo, Zeus no tenía suficiente con esta venganza. Como Prometeo había intuido, el padre de los dioses y los hombres necesitaba castigar aquello que el titán amaba más profundamente: el hombre. Así que llamó al dios Hefesto para que crease a la mujer.

—Debe combinar la voz, la fuerza vital y la cara de las diosas inmortales con las gracias de una virgen.

Hefesto siguió el ejemplo de Prometeo con el hombre y

moldeó una mujer a partir de arcilla y agua. Los cuatro vientos le insuflaron el aliento de la vida. Atenea la vistió con una túnica plateada y le puso una bellísima corona de plata. La Persuasión y la Caridad la adornaron con collares y otras joyas. Las Horas colocaron sobre su delicado cabello una corona de flores. Y cada una de las diosas del Olimpo le proporcionó un don.

Cuando consideraron que ya estaba preparada, la presentaron ante los dioses. La asamblea enmudeció y todos los varones se levantaron admirados. Tal era la maravilla que se desprendía de aquella preciosa mujer. Se levantó un murmullo general de admiración. Zeus, absolutamente satisfecho, guiñó un ojo a Hermes, el dios mensajero. El joven dios se acercó y dijo a la muchacha:

—Te llamarás Pandora porque has recibido dones de todos los dioses.

Pandora lo miró con sus hermosos ojos y le dirigió una tímida sonrisa. Hermes tomó con suavidad la barbilla de la joven y besó suavemente sus labios para concederle el último don: el habla. Pero junto a ésta permitió que entraran en su mente la mentira, engaño y la curiosidad.


Después la llevó a la casa de Epimeteo.

—Sal, Epimeteo. Zeus ha decidido honrarte con el mejor de los regalos.

Epimeteo abrió la puerta un tanto asustado, pero cuando Hermes se apartó y, tras él, Pandora apareció en todo su esplendor, el hermano de Prometeo se quedó sin respiración. Lo primero que olvidó fueron las advertencias del titán encadenado.

Pandora entró en la casa. En las manos llevaba una pequeña tinaja.

—Es un regalo de Zeus. Pero dijo que nunca la abriéramos.

Epimeteo se sobresaltó al oírla hablar. Su voz era dulce y mesurada como si entonara una canción. Con suavidad tomó la tinaja de las manos de Pandora y la depositó sobre la mesa. Pandora dijo alegremente:

—¿No te parece extraño que nos hayan hecho un regalo que no podemos abrir?

Epimeteo no la escuchaba. Veía aquel cuerpo de formas redondeadas y rotundas y se le ocurrían mil pensamientos más placenteros que el de atender a las reflexiones de la muchacha.

—Olvida la tinaja. Tú eres el mejor regalo que nadie pudo soñar.

La tomó en brazos y accidentalmente sus labios rozaron los de la joven. Un escalofrío recorrió todo su cuerpo. Las piernas le temblaron y, con su preciosa carga en brazos, se encaminó hacia su lecho. Permaneció ciego, sin embargo, a la mirada que Pandora volvió a dirigir a la tinaja que había quedado sobre la mesa y al suave suspiro que la acompañó.

Porque, a pesar de la prohibición, Pandora había sido exquisitamente concebida, moldeada y diseñada para abrir aquella tinaja. En su favor reconoceremos que resistió más de un día. Después ya no pudo más. Y aprovechando que Epimeteo había salido, alzó un poco la tapa para ver qué había dentro.

Con una fuerza inaudita algo empujó desde el interior y salieron libres y descontrolados todos los males que a partir de aquel momento iban a azotar a la humanidad: la vejez, las enfermedades, el sufrimiento...

Horrorizada por lo que acababa de hacer, Pandora cerró la tapa con fuerza. Sin embargo, dentro de la tinaja ya sólo quedaba la esperanza.

¿Por qué la esperanza? Muchos se han preguntado sobre ella. ¿Era tal vez otro más de los males destinados a destruir al hombre? Algunos afirman que sí, que aquélla era la esperanza falaz, la que lleva al hombre a pensar que su situación mejorará aunque no haga nada por conseguirlo.

Pandora se convirtió así, según las palabras de Hesíodo, en la gran culpable de los males del hombre. Muchas historias se escribieron en aquellos tiempos y en las muchas civilizaciones que se sucedieron para seguir convirtiendo a la mujer en el origen de las desventuras de los hombres.

Pero analizando los hechos podríamos llegar a una paradoja. ¿Fue Pandora la culpable porque abrió la tinaja prohibida? ¿O fue Epimeteo quien puso la primera baza para acabar con la felicidad de los hombres aceptando el regalo de Zeus cuando ya había sido advertido por Prometeo? No es fácil dirimir quién debería pasar a la historia como el verdadero culpable del desastre. Lo que sí queda claro es que Epimeteo tiene un lugar reservado entre los mayores tontos de capirote.

¿**SABÍAS QUE...** la expresión «abrir la caja de Pandora» significa realizar una acción o tomar una decisión de la que, de manera imprevista, se derivan unas consecuencias catastróficas? En realidad deberíamos estar hablando de «la tinaja de Pandora». Sin embargo, en el siglo XVI, Erasmo de Róterdam, que tradujo los textos de Hesíodo del latín, se equivocó: tradujo «caja» por «tinaja».Y hasta nosotros ha llegado «la caja de Pandora».

# IO

## O LA CRÓNICA DE UNA VENGANZA

*Ésta es otra de las historias que narraremos, tan frecuentes en la mitología clásica, en las que ser mujer y hermosa acostumbra a tener, necesariamente, un final trágico.*

«¡Qué afortunada eres, bella Io, hija de Ínaco! Has conseguido que el gran Zeus ponga sus ojos sobre ti. ¿Qué dardo se clavó en lo más profundo de su corazón para que sólo pueda pensar en la preciosa Io? Zeus te espera impaciente. Te espera en el bosque de Lerna. Te espera ardiendo de pasión. No lo rechaces, niña. Sólo tú puedes aliviar su sufrir.»

Io se incorporó bruscamente en su lecho. Otra vez ese sueño. Noche tras noche. Sudaba frío. Temblaba. Las lágrimas acudieron a sus ojos. Se sentía tan asustada... No se atrevió a dormirse de nuevo. Y cuando los primeros rayos de sol saludaron tímidamente a su ventana, Io fue a buscar a su padre.

—¿Qué sucede, pequeña?

El anciano Ínaco la recibió contento. Sin embargo, cuando la joven le explicó el sueño que la acechaba noche tras noche, la apartó bruscamente de su lado. Io lo miró asustada.

Inmediatamente, Ínaco envió a dos de sus hombres a consultar el oráculo para que desvelara el significado del sueño de Io. Los hombres regresaron más rápido de lo que se les esperaba. El mensajero miró evidentemente turbado a la bella muchacha y después a Ínaco.

—El oráculo ha sido tajante. Ha ordenado que eches a tu hija de tu casa y la de tus antepasados. Debes asegurarte de que se marche tan lejos como lejos están los confines de la tierra conocida. Si no cumples su mandato, el rayo divino de Zeus destruirá tu linaje y no quedará vestigio de su existencia en toda la tierra.

La impresión fue tan fuerte que Ínaco cayó de bruces al suelo. Io se abrazó a él sollozando.

—No puede ser, Io. No quiero que te vayas.

—Sí, padre. Sí. El oráculo nunca se equivoca. Debo irme.

Y su padre la dejó marchar.


Los pasos confusos de la joven la llevaron, cualquier ingenuo podría pensar que casualmente, hacia el bosque de Lerna. Conforme se acercaba a los árboles, el día palidecía. El sol estaba en su punto más alto pero ella se dirigía hacia el anochecer. Una niebla negra y espesa había comenzado a rodearla. La voz seductora que noche tras noche había acudido a sus sueños susurró a su oído:

—Encantadora muchacha. Has conseguido el amor y la admiración del gran Zeus. ¡Qué feliz será si consigue que calientes su lecho! ¡No tiembles, pequeña! ¡No corras! ¡No huyas!

Y la niebla, que se cernía sobre ella, acariciaba su cuerpo suavemente... Io se sintió mareada y ya no tenía fuerzas para continuar avanzando ni para seguir resistiéndose.


Mientras tanto, en el Olimpo, la diosa Hera miró hacia la tierra. Su corazón dio un vuelco cuando vio que sobre el bosque de Lerna había caído la noche más oscura.

—¡Oh, no! ¡Otra vez no!

Y comenzó a correr entre los dioses.

—¿Dónde está Zeus? ¿Lo habéis visto? ¿Es que nadie sabe dónde está mi marido?

Y conforme avanzaba, la certeza endurecía su corazón. «Adúltero.» «Mentiroso.» «Mal esposo.» «Lo odio.» «Cómo lo odio.»

Y bajó rauda hacia el bosque de Lerna. Zeus, presintiendo la temida irrupción de su esposa cuando la niebla comenzó a disiparse bruscamente, tuvo tiempo de convertir a la asustada Io en una preciosa ternera blanca.

—Amada esposa, ¿tú por aquí?

—Te echaba de menos.

Entonces vio la bellísima ternera, «¡Ella!», y dio un pequeño salto de alegría.

—Qué ternera tan hermosa. ¿De dónde ha salido?

—La trajeron de lejanas tierras.

—¡Oh, Zeus! ¡Qué feliz sería si me la regalaras!

Zeus no pudo negarse.

—Pues tuya es.

Tan pronto como Hera se vio dueña de la pobre ternera hizo llamar al dragón Argos, el de los cien ojos. Mientras unos ojos dormían, los otros permanecían alerta. Además, con tal profusión de órganos visuales podía mirar a la vez en todas las direcciones.

Evidentemente, Hera encargó a Argos que no perdiera de vista a la ternera. Y Argos se dedicó a seguirla día y noche.

Y así fue como Io, que había sido una hermosa mujer, se vio convertida en poco más de un instante en una simple ternera. De la noche a la mañana había pasado de comer sentada a una mesa a arrastrar su hocico por el suelo para mordisquear la hierba, y de dormir en un mullido lecho a descansar en el suelo duro de un establo. Ni siquiera podía unir las manos para suplicar piedad a los dioses. Sin embargo, mucho peor era intentar hablar, ya que de su boca sólo salían mugidos. Ella se sorprendía y se asustaba de aquel sonido. Su vida había cambiado hasta hacerse insoportable.

Lo mismo había sucedido con la vida de su padre, Ínaco. Enseguida se arrepintió de haber dejado que se fuera tan precipitadamente. Ordenó que la buscasen pero parecía que se la hubiese tragado la tierra y nadie encontraba a la joven.

Ínaco creyó que se volvía loco. No saber si ella estaba viva o si moraba ya entre las sombras de la muerte lo hacía sufrir intensamente. Tan desesperado se sentía por la pérdida de su dulce hija, que envió a sus mejores hombres a encontrarla aunque fuera en los confines del mundo. Se declaraba dispuesto a desafiar al mismísimo Zeus:

—¡No os atreváis a volver sin ella!

Y sus mejores hombres y sus mejores navíos partieron en pos de tan difícil empresa y, como no la hallaron, no regresaron jamás.

Ínaco se acostumbró a pasar sus días en el bosque de Lerna porque ése era el lugar hacia el cual el sueño pretendía atraer a su hija. Pensaba que tal vez la encontraría allí.

Sin embargo, allí sólo había una hermosa ternera blanca que lo miraba con sus grandes ojos tristes y lo seguía a todas partes. Sus hijas buscaban para ella los bocados más apetitosos y se los daban entre sonrisas y caricias.

El anciano Ínaco también tomó una brizna de hierba y se la ofreció. Ella la tomó con delicadeza y después besó la palma de su mano. Entonces, con su pata delantera, escribió un nombre en la arena: «Io». Ínaco observó las letras incrédulo. Sus hermanas gritaron de dolor.

El hombre abrazó el cuello de la vaca blanca y sollozó:

—¿Eres tú, mi pequeña? ¿Eres tú aquella que voy buscando por todo el mundo? ¿No me respondes? Tu silencio me hiere. ¿Muges? ¿Éstas son ahora tus palabras? Yo había preparado tu matrimonio con el mejor hombre. Yo esperaba que me dieras un yerno y unos nietos. ¿Qué debo hacer ahora? ¿He de buscar un semental para que llene tu vientre de ternerillos?

Ínaco, desconsolado, se apoyó en un árbol.

—¡Oh, qué desgracia ser un dios y ser inmortal! Las puertas de la muerte están cerradas para mí. Deberé vivir con este dolor durante toda la eternidad.

Éste fue el momento que eligió el dragón Argos para irrumpir en la improvisada reunión familiar y abalanzarse sobre la desdichada Io para arrastrarla hacia pastos lejanos.

Cuando estuvo seguro de que no podría regresar al bosque de Lerna, el dragón se sentó a vigilarla mientras Io, en silencio, suplicaba a los dioses que se la llevase la muerte.

En el Olimpo, Zeus no pudo mantenerse por más tiempo ciego y sordo al lastimero dolor de Io y llamó a Hermes, el dios mensajero, cómplice en sus aventuras amorosas.

—Libérala.

Hermes asintió con entusiasmo y se dirigió hacia la tierra disfrazado de pastor. Llevó su rebaño cerca del lugar donde estaban Argos e Io y comenzó a tocar, distraídamente, su flauta de caña. Cuando se cansó del instrumento fue el propio dragón Argos quien le suplicó que continuara tocando. Hermes lo hizo gustoso hasta conseguir que cada uno de los cien ojos del dragón se cerraran. Y cuando ya todos estuvieron cerrados y ninguno vigilaba, tomó su espada y le cortó la cabeza.

Hera se sintió profundamente herida cuando conoció la suerte que había corrido su dragón. Y en su honor trasladó sus cien ojos a la cola de su pájaro preferido, el pavo real, que los luce orgulloso desde entonces.

Sin embargo, la celosa esposa de Zeus no había olvidado a la ternera Io. Por eso le envió un tábano para que la atacara sin descanso ni piedad. Y así, la pobre Io, perseguida por el temible tábano, comenzó una huida despavorida por todas las regiones.

Y por increíble que parezca, se cumplió la predicción del oráculo y la atribulada ternera llegó hasta los últimos confines del mundo conocido. Allí Io cayó agotada, extenuada y medio muerta de hambre. Intentó levantarse sobre las rodillas y alzó la cabeza hacia las estrellas suplicando a Zeus entre mugidos y sollozos.

Entonces Zeus rodeó con sus poderosos brazos a su esposa Hera y murmuró a su oído: «Deja lejos tus miedos. Io nunca jamás te causará dolor».

Hera cedió y Zeus acarició el lomo de Io y la devolvió a su forma original. La joven recuperó sus formas de mujer, su cabello cayó de nuevo sobre sus hombros, los cuernos que nunca le habían pertenecido desaparecieron, sus grandes ojos brillaron radiantes, sus brazos, sus piernas... Y, sin embargo, temía hablar. Temía que, si intentaba pronunciar una simple palabra, de sus labios saldría el triste mugido que había robado su voz durante tanto tiempo. Hasta que un día susurró su propio nombre: «Io». Y su voz le pareció tan dulce y tan bella que comenzó a gritarlo al viento, al mar, al sol, al horizonte... y, por fin, fue feliz.

Sin embargo, Zeus había sido incapaz de cumplir su palabra y la caricia que la había devuelto a la vida también puso la semilla de una nueva vida en su vientre. Y un día nació Épafo, llamado así porque era el hijo de una caricia.

Y Hera supo entonces que había sido engañada de nuevo. Y sus ojos y su ira se dirigieron de nuevo hacia la pobre

Io para culminar su terrible venganza. Pero ésa sería otra historia... que también merece ser contada.

**¿Sabías que...** existieron muchas otras jóvenes hermosas que inflamaron con la misma intensidad el corazón de Zeus y el odio de Hera? Se vieron despojadas de su virginidad y cargadas con maternidades no deseadas a causa de la lascivia del dios; y después fueron duramente castigadas por el despecho y los celos de la diosa Hera, la esposa de Zeus.

Leto, por ejemplo, fue tomada por Zeus disfrazado de cisne, y castigada por Hera a no dar a luz en tierra firme. Así que la pobre muchacha no pudo alumbrar a sus hijos hasta que consiguió llegar a la isla flotante de Delos, que no era ni un continente ni una auténtica isla.

Sémele también pagó muy caro haber sido amada por Zeus, ya que Hera la manipuló para conseguir que el propio Zeus le proporcionara la muerte más horrible.

# DAFNE

## LA MUJER QUE PREFIRIÓ
## TRANSFORMARSE EN ÁRBOL

*La historia de Dafne y Apolo podría ser la típica historia de chico busca chica. Apolo se enamora. Dafne dice «no». En aquella época nunca se entendía a una mujer cuando decía «no». Dafne intenta huir y la única forma de librarse de la agresión es transformándose en un árbol, el laurel. Apolo, compungido, se convierte en abanderado del nuevo árbol.*

La joven ninfa Dafne entró sigilosamente en la estancia donde estaba su padre, el dios-río Peneo. Quería sorprenderlo. Lo abrazó dulcemente por detrás y el anciano emitió un pequeño gruñido de satisfacción. Había intuido su llegada. Siempre sentía cuando su dulce niña se acercaba.

Sin embargo, esta vez las palabras del padre turbaron profundamente a la hija:

—Me debes un yerno.

Dafne se estremeció y murmuró:

—Padre, ya me conocéis. Ya sabéis cómo vivo y cómo soy. Os dije que en mi vida no había lugar para los hombres.

—Me debes unos nietos.

—Padre, jamás os daré nietos y debéis aceptarlo. No deseo conocer el amor. Siempre he seguido a Ártemis, la diosa cazadora. Pensad que sólo así podré ser feliz.

Su padre la miró con tristeza:

—Tú no podrás ser feliz. Eres demasiado bella.

Aunque vestía una burda túnica y ataba su desordenado cabello con una vulgar cinta, Dafne nunca podía dejar de ser arrebatadoramente hermosa. Ni aun llevando harapos habría dejado de parecer una diosa.

En aquel mismo momento, y en lo alto del Olimpo, sucedían unos acontecimientos que pronto iban a ser relevantes para la bella Dafne. El dios Apolo tropezó con el joven Eros.

Eros estaba tensando su arco y Apolo se burló de él:

—¿Qué hace este pequeño dios con armas tan poderosas? Deberías dejar las armas de verdad a los dioses de verdad.

—¿Y cuáles son los dioses de verdad?

—Yo mismo, por ejemplo, que me enfrento a los monstruos más terribles y los derroto gracias a mi gran valentía.

—Ja, ja, ja.

—No te rías, Eros. Y ten cuidado. No resulte que te pinches tú mismo con tus propias flechas. Ya te he dicho que no era un juego de niños.

—Vaya, Apolo. Por una vez voy a creerte y aceptaré que tu arco puede resultar vencedor en la mayoría de los lances. Sin embargo, te contaré un secreto: mi arco vencerá al tuyo. Y de la misma manera que cada ser vivo que existe se rinde al poder divino, tú rendirás tu gloria a la mía.

Y sin añadir ninguna palabra más lanzó una flecha de punta dorada y muy afilada que se clavó en lo más profundo del corazón de Apolo. Y, casi en el mismo instante, disparó una flecha de plomo y sin punta directa al corazón de la hermosa Dafne.

Y así nació el primer amor de Apolo. Él, que jamás había mirado doncella alguna, quedó absolutamente prendado de Dafne. Y como la llama prende en un campo seco cuando se le acerca demasiado la antorcha, Apolo ardió en amor y deseo. El fuego consumía al dios, su corazón entero era una llamarada y las esperanzas más osadas lo golpeaban sin saber que lo hacían en vano. La pasión que sintió por ella fue capaz, incluso, de engañar a sus propios oráculos que no pudieron advertirle de que su amor era imposible.


La flecha de plomo que se había hundido en el corazón de Dafne no la había hecho más hostil hacia el género masculino. Eso no era posible. Pero le proporcionó un sexto sentido que la impulsó a echarse a correr cuando vio que Apolo se acercaba.

Apolo había estado observando a la joven en silencio. Se sintió desfallecer cuando coincidieron sus miradas. ¡Ojos que brillaban como estrellas! No detectó la mueca de horror de Dafne. No pudo más que estremecerse cuando la muchacha se mordió los labios justo antes de emprender la huida:

—¡Qué hermosos labios! No es suficiente con mirarlos. ¡Necesito besarlos!

Antes de lanzarse tras ella, la contempló orgulloso. Sus brazos, sus manos, sus piernas...

—¡Qué exquisita! ¡Y seguro que lo que oculta es todavía mejor!

Y se precipitó tras la joven. Pero Dafne era muy ligera y corría muy rápido. Así que Apolo, a distancia, intentó hacerla razonar:

—¡Espera, dulce ninfa! ¡Espera! No soy tu enemigo. El lobo es enemigo de los ciervos y ellos huyen. El águila es enemiga de las palomas y ellas huyen. Cada criatura que existe huye de su enemigo. Pero yo no te persigo por ser tu enemigo. Yo te persigo porque te amo.

Fingió no darse cuenta de que Dafne había acelerado el paso al oír sus últimas palabras:

—Dafne, maravillosa Dafne. ¡Ten cuidado! Corres por

un terreno abrupto y lleno de zarzas. No quisiera, por nada del mundo, que cayeras sobre la dura tierra y que tu piel perfecta se viera cruelmente rasgada. Si tú consientes en ir más despacio, yo también ralentizaré el paso.

Dafne aceleró de nuevo. Apolo se dispuso a desvelarle su identidad mientras corría tras ella:

—Escúchame, Dafne. Tú no lo sabes pero no necesitas huir de mí. Yo no soy un bruto, ni un rudo habitante de la selva, ni un pastor que guarda su rebaño. Soy un dios. El hijo de Zeus. Soy rey de muchos reinos. Entre mis más preciados poderes está el de revelar el futuro.

Como Dafne siguiera corriendo:

—Los humanos me llaman el sanador porque les enseñé el arte de la medicina. Yo conozco el poder curativo de cada hierba. Pero, mírame, he caído enfermo de amor, que es el único mal que no tiene cura.

Dafne hizo palanca con una rama que lo golpeó en todo el pecho:

—Ya ves, Dafne, siempre pensé que era el mejor con el arco y las flechas, pero heme aquí, con una flecha clavada hasta el fondo del corazón.

Cuanto más hablaba, más cansado se sentía y más distancia conseguía ganar Dafne en su huida. Apolo la miró y volvió a sentirse hechizado por la visión. Las ágiles piernas desnudas, el vestido agitado adhiriéndose a su cuerpo, los cabellos al viento... El dios sintió una nueva punzada de lacerante amor. Y guardó silencio para ser más veloz.

Desde ese mismo instante, Dafne se vio como la liebre que sabe que tarde o temprano será atrapada por el sabueso cazador. Él corría a matar, ella corría por su vida. Él sentía que ya la tenía y sus fuertes mandíbulas rozaron los talones de ella. La presa se sintió cazada y cuando intuyó que el sabueso iba a dar la zancada definitiva para atraparla, saltó hacia delante con más impulso y se salvó.

Así siguieron corriendo el dios y la ninfa. Él, impulsado por la fuerza que da la esperanza. Ella, guiada por el miedo. Sin embargo, Apolo iba subido en las alas del amor y Dafne no podía igualar su ritmo. Apenas si podía respirar y sentía cómo sangraban sus talones desollados.

De pronto percibió en el cuello la respiración de su perseguidor. Las fuerzas la abandonaron, se supo vencida y el color huyó de su rostro. Entonces se percató de que estaba llegando al río de su padre Peneo. Hizo un último y agónico esfuerzo y clamó:

—¡Padre, ayudadme! ¡Destruid esta belleza funesta que ha arruinado mi vida!

Y no habían terminado sus labios de formular su súplica cuando Dafne sintió que sus piernas eran presa de una gran languidez y que se hundían en la tierra formando raíces. Al mismo tiempo, su pecho se cubría de una delicada corteza.

Sus brazos, alzados al cielo en signo de súplica, devinieron en ramas y su cabello alborotado estalló en verdes hojas.

Apolo se detuvo fascinado y horrorizado al mismo tiempo. Todo lo que quedó de Dafne fue aquel árbol de belleza resplandeciente. Y Apolo supo que, incluso así, la amaba. Puso suavemente la mano sobre la corteza y sintió el latido del corazón de la ninfa y entonces abrazó el árbol y lo besó. Y resulta difícil de creer, pero la corteza del árbol se hundió en ella misma para evitar el contacto de esos labios.

El dios, desolado, murmuró: «Puesto que ya nunca serás mi esposa, te convertiré en mi árbol predilecto; y tus hojas, siempre verdes, coronarán las cabezas de las gentes en señal de victoria». Entonces arrancó dos ramas de laurel, las entrelazó, y se las colocó como una corona sobre su cabello negro.

Y dicen que en aquel momento el laurel, como si quisiera mostrar su acuerdo con aquellas palabras, agitó suavemente la copa y las hojas aunque no hubiera ni una brizna de aire que pudiera moverlas.

¿SABÍAS QUE... cuando Apolo decidió que el laurel sería su planta sagrada y la usó para coronarse la convirtió en el símbolo de la victoria? Al principio se entregaba a los jóvenes atletas griegos; más adelante también se convirtió en preciada recompensa de poetas («laureados») y guerreros. Con el tiempo, fueron los propios generales romanos quienes, cuando tras la victoria regresaban a Roma, colocaban sobre sus testas las «laureas» (coronas de laurel). Y así, la corona de laurel se ha mantenido como símbolo de la victoria hasta nuestros días.

# NÍOBE

## Y LA MUERTE DE SUS HIJOS

*El nombre de Níobe se ha asociado en la literatura al dolor insoportable que sufre una madre cuando pierde a un hijo. Níobe es la mujer que dio a luz catorce veces pero que murió sin descendencia. Y ésta es su triste historia.*

Los ciudadanos de Tebas se congregaron en el templo para honrar a la diosa Leto y a sus hijos, Apolo y Ártemis. Mientras los sacerdotes se preparaban, los asistentes guardaban un respetuoso silencio contemplando la exquisita estatua de Leto con su graciosa cabeza coronada de laurel.

Ése fue el momento elegido por Níobe para iniciar el camino de su propia perdición. Níobe atravesó la multitud y se colocó frente a la estatua de Leto. Estaba bellísima; su atuendo era espléndido, vestida en oro y piedras preciosas, y su rostro resplandecía lleno de ira.

—Ciudadanos de Tebas, decidme, ¿por qué venís a honrar a la diosa Leto? ¿Qué dones posee Leto de los que yo no sea acreedora? Mi padre era Tántalo y fue recibido como un huésped en la mesa de los dioses. Mi madre era una diosa. Mi marido fundó la ciudad de Tebas. La tierra de Frigia es la herencia que me fue concedida. Dondequiera que mire contemplo mis posesiones. Tan grande es mi fortuna.

Un murmullo de desaprobación fue acallado por la voz de Níobe.

—Y no acaba aquí mi opulencia. También soy rica en descendientes. Tengo siete hijos y siete hijas a los que pronto habrá que añadir siete nueras y siete yernos que serán como hijos míos. ¿Y qué posee la diosa Leto? ¿Dos hijos? Sólo dos. Dos hijos que no podían salir de su cuerpo porque la maldición de Hera la perseguía y todos se negaban a acogerla. Ni en la tierra ni en el cielo halló refugio... sólo la miserable isla de Delos se apiadó de ella para que pudiera dar a luz.

Los murmullos escandalizados estallaron de nuevo.

—¡Silencio! ¡Soy feliz! ¡Miradme! ¿Quién podría negarlo? Y seguiré siéndolo. ¿Quién podría dudarlo? He sido bendecida catorce veces. Incluso si la mala fortuna se llevara al inframundo alguno de mis hijos, ni en sueños me veo reducida a dos. En cambio, la descendencia de Leto podría, fácilmente, desaparecer. ¡Sólo dos hijos cuando yo tengo catorce! Su vientre vale la séptima parte del mío.

Entonces miró a la estatua de la diosa y con un gesto despectivo le arrancó la corona de laurel. El ritual fue así bruscamente interrumpido. Los más devotos acabaron sus oraciones en silencio y salieron. La estatua de Leto quedó allí, desposeída, humillada.


La diosa Leto, en el Olimpo, se revolvía de ira y de dolor. Llamó a sus hijos Apolo y Ártemis y les dijo:

—Yo, vuestra madre, he sido burlada en mi propio templo. La estúpida y orgullosa Níobe arrancó la corona de laurel de mi estatua y con su gesto ha conseguido que ya nadie me respete. ¿Quién se postrará ahora ante una diosa que ha sido tan brutalmente mancillada?

Antes de que continuara lamentándose, Apolo la detuvo con el gesto.

—Silencio, madre. Tus quejas sólo retrasan el castigo.

Y mirando a su hermana Ártemis, que asintió imperceptiblemente, se vistieron de nube y se deslizaron rápidamente hacia la ciudad de Tebas.

Dio la casualidad que los siete hijos varones de Níobe estuvieran cazando juntos en el monte. Allí los fue a buscar el dios Apolo y acabó con ellos sin el más mínimo atisbo de piedad, una flecha tras otra.

Cuando Níobe supo lo que había sucedido se llenó de dolor. Se vistió de negro y dejó que su hermoso cabello cayera sobre sus hombros sin recogerlo. Sin embargo, sentada entre los siete ataúdes de sus jóvenes hijos muertos, rodeada de sus siete hijas, todavía encontró fuerzas para seguir retando a la diosa Leto. Así que, entre sollozos, gritó al viento:

—¡Celebra, cruel Leto, celebra mi dolor. Sacia con la sangre de mis siete hijos tu corazón salvaje. Yo tengo la triste carga de siete vidas queridas sobre mi corazón. Disfruta pues de tu victoria!

Y cayó de rodillas acariciando el rostro de uno de los jóvenes abatidos por las flechas de Apolo.

—Pero no es una victoria, porque incluso en mi miseria todavía tengo más. Porque después de tantas muertes, tú sólo tienes dos y yo sigo teniendo siete.

Y no había acabado de pronunciar estas palabras cuando se oyó la cuerda de un arco que se tensaba y todas las hijas se estremecieron. Silencio. Y de pronto, sin hacer más ruido que el de un suspiro, una de las muchachas se dobló hacia delante y cayó muerta en los brazos de su hermana.

La segunda intentó acercarse a su madre Níobe para confortarla, pero se derrumbó a sus pies como si la hubiera fulminado un rayo. La tercera intentó huir y murió abatida como una cierva. La cuarta cayó, sin vida, instantes después sobre su hermana. La quinta gritó y su voz murió con ella. La sexta se desplomó por una muerte invisible.

Y la última permaneció viva en los brazos de Níobe. Níobe la protegió con su propio cuerpo y suplicó a Leto:

—Déjame una, sólo una, la más pequeña. ¡No te la lleves a ella también!

Y mientras suplicaba, aquélla por la que suplicaba cesó en su abrazo porque la muerte también se la había llevado.

Ártemis había terminado su trabajo.

Níobe permaneció sentada entre sus siete hijos y sus siete hijas, todos sin vida. No se movió de allí. Durante diez días. Porque Leto, en su ira sin límites, tampoco permitió que los ciudadanos de Tebas enterraran a los jóvenes y los convirtió en piedra.

Pasados los diez días, Zeus dio la orden de que los propios dioses dieran sepultura a los infortunados hermanos. Y entonces, apiadado del dolor de Níobe, que no había comido, ni bebido, ni dormido, ni había dicho una sola palabra durante todo ese tiempo, atendió a su ruego y la convirtió en piedra.

**¿SABÍAS QUE...** «la roca que llora» en el monte Sípilo (en Turquía) ha sido asociada a la leyenda de Níobe desde la antigüedad? Esa gigantesca roca muestra una gran semejanza con un rostro que mira al cielo. Cuando llueve, la piedra caliza filtra las gotas de lluvia y parece que las lágrimas caigan por las mejillas transformadas por siempre en piedra.

# HERMES

## Y LA ASTUCIA PRECOZ

El dios Hermes tuvo un comienzo muy prometedor. Los propios himnos homéricos (que fueron falsamente atribuidos a Homero) lo presentaban con una descripción, cuanto menos, apabullante: «... la náyade dio a luz y ocurrieron cosas notabilísimas, pues parió a un hijo de multiforme ingenio, sagaz, astuto, ladrón, cuatrero de bueyes, príncipe de los sueños, espía nocturno, vigía y guardián de todas la puertas y que muy pronto había de hacer alarde de gloriosas hazañas ante los inmortales dioses».

El principio de esta historia no es original. La náyade Maya es introvertida y solitaria y acostumbraba a refugiarse en su cueva secreta. Pero tenía dos factores en su contra: el primero, que era extremadamente bella; el segundo, que Zeus lo sabía.

Así que una noche oscura, el dios se libró disimuladamente del absorbente abrazo de su celosa esposa Hera y se deslizó hasta la cueva de la náyade de las bellas trenzas. Nueve meses después nació el pequeño Hermes.

Como buena madre primeriza, al atardecer Maya aprisionó a su hijo en la cárcel de vendas que se acostumbraba a colocar a los recién nacidos y lo depositó amorosamente en su cunita. Después se fue a dormir. El bebé permaneció un ratito en la cuna; el justo para liberarse del vendaje.

A continuación saltó y salió de la cueva. Se detuvo en el mismo umbral porque había visto algo que le provocó tal ataque de risa que le resultó necesario sostenerse la barriguita para no caer al suelo. Se trataba de una tortuga que, en sus andares, parecía imitar el paso torpe del propio Hermes.

Hermes dijo alegremente a la tortuga:

—Hola, graciosa criatura. Te anuncio que vas a morir, pero que eres afortunada porque, desde ese mismo momento, cantarás dulcemente y los bailarines se moverán al ritmo que tú les dictes.

Y tomó al pobre animal que, evidentemente, no había comprendido nada en absoluto y lo entró en la cueva. Y lo que viene a continuación no se puede narrar de otra manera: el pequeño Hermes consumó el asesinato que acababa de anunciar porque necesitaba el caparazón de la infortunada tortuga. Lo vació, tomó algunas cañas y las cortó, cogió una tripa seca, algunas cuerdas también fabricadas con tripas... e inventó la lira.

Contentísimo con su creación, el frágil bebé se dirigió a su cuna. Depositó suavemente su lira sobre la almohada, alzó su gorda piernecita para subir, pero entonces se dio cuenta de que esta primera aventura le acababa de provocar un hambre de lobo.

Así que, ni corto ni perezoso, el bebé se dirigió hacia tierras lejanas donde se topó con los rebaños de Apolo paciendo en las soleadas montañas de Pieria. Apolo, que debía cuidarlos, andaba distraído con sus amores.

El Sol ya se preparaba para el ocaso. Hermes tomó cincuenta de las mejores vacas y se las llevó. Para que no pudieran seguir su rastro inventó toda suerte de tretas. Hizo caminar el ganado de espaldas y él mismo también caminó de esta manera. Y más adelante, inventó unas sandalias que se puso en los pies y ató ramas a las colas de los animales para confundir sus huellas.

De repente se dio cuenta de que un campesino lo observaba sin dar crédito a lo que veían sus ojos. Hermes se dirigió amablemente a él:

—Anciano señor que cavas tus viñas con tus espaldas encorvadas, seguro que obtendrás un buen vino si me obedeces y olvidas que has visto lo que has visto, y que has oído lo que has oído.

El anciano siguió mirándolo sin cambiar en un ápice su expresión, pero Hermes prefirió pensar que había comprendido su advertencia y siguió su camino.

Cuando llegó a la cueva donde había decidido ocultar a

los animales, y con una fuerza prodigiosa para un niño de tan tierna edad, Hermes mató dos terneras y repartió la carne en doce porciones. Después inventó el fuego para asarla, pero sólo tomó una parte. Las restantes las ofreció a los dioses del Olimpo.

Y al ver que el cielo ya adquiría los tonos rosados del amanecer, cogió las pieles de los dos animales sacrificados y las clavó sobre las rocas de la cueva donde permanecía oculto el resto del rebaño.

Entonces lo invadió un dulce sueño y se dirigió de nuevo hacia su hogar, donde su madre Maya yacía confiada pensando que él había dormido durante toda la noche en la cunita de la habitación de al lado. Entró rápidamente y se vendó con el complicado vendaje que le había puesto su progenitora horas antes y se quedó jugueteando con la lira.

Mientras, muy lejos de allí, el dios Apolo ya había descubierto el robo y comenzó a seguir el rastro de los animales. El caso era tan desconcertante que ya iba a darse por vencido cuando se topó con el anciano campesino que había visto a Hermes.

—Anciano señor, vengo de Pieria buscando mi rebaño de hermosas terneras de cuernos redondeados. Desaparecieron del prado donde pacían cuando el sol comenzó a ocultarse. Dime, hombre nacido hace largo tiempo, ¿has visto a alguien pasar detrás de mis vacas?

El anciano respondió:

—Hijo mío, cualquier otro día me sería difícil responderte porque por este camino pasan muchos caminantes en ambas direcciones. Sin embargo, ayer estaba yo cavando la tierra cuando sucedió algo que, por increíble, todavía dudo que fuera cierto. Observé a un niño que seguía un rebaño cornudo. Y lo más sorprendente es que lo conducía caminando al revés, con sus cabezas hacia él.

No había terminado sus palabras el anciano que Apolo, que poseía el don de adivinar, ya sabía quién era el ladrón de terneras.


Entró como una tromba en la cueva de Maya y comenzó a revolverlo todo en busca de indicios de culpabilidad. Maya lo seguía de una estancia a otra con airadas protestas:

—Apolo, ¿cómo puedes sospechar de un niño acabado de nacer? Míralo en su cuna. Lo dejé allí ayer por la tarde y ha dormido hasta este preciso instante en que tú has irrumpido en nuestro hogar.

Apolo se detuvo un momento y miró al tierno bebé. Como crecía rápido, las vendas parecían comprimirlo. Movía los deditos acariciando su prisión de tela y sus ojos lo seguían con curiosidad.

—¡Maldito niño! Dime dónde está mi rebaño o vas a verme enfadado de verdad. Si no me dices en este mismo instante dónde has ocultado mis vacas, te cogeré con esta rara vestimenta que llevas y te arrojaré al inframundo.

El rostro infantil del bebé se descompuso en una mirada horrorizada.

—Tienes razón en temer el inframundo porque es un lugar horrible donde sólo hay oscuridad y no existe la esperanza. Si te arrojo allí, ni tu madre ni tu padre podrán liberarte y conducirte de nuevo a la luz. Estarás condenado a vagar bajo la tierra y tu máximo logro será convertirte en el líder de los niños cuatreros muertos.

Hermes estalló en un llanto inconsolable. Maya se abalanzó sobre el recién nacido y lo tomó amorosamente entre los brazos para confortarlo. Una vez seguro en aquel abrazo protector, Hermes miró a su hermanastro lastimeramente y dijo:

—Hermano, ¿cómo puedes dedicarme tan duras palabras? ¿Por qué buscas tu rebaño en una cueva cuando debería estar en un prado? ¿Te parezco yo un ladrón de ganado? ¿No ves que las únicas cosas que me importan ahora, en mi recién estrenada vida, son tomar la leche del pecho de mi madre y dormir en mi cunita? ¿Es que no sabes que nací ayer? Mis piececitos son frágiles y no resisten la tierra rugosa.

Y Hermes calló dirigiendo a su madre tiernas y dulces miradas. Fue entonces cuando Apolo lo arrebató de los brazos de Maya y, sin escuchar sus gritos de protesta, se encaminó al Olimpo con el bebé.

—Pequeño monstruo de tierna apariencia y corazón traicionero. Si sigues hablando con tanta inocencia acabaré creyendo que no eres capaz de entrar en una casa, dejar a sus desdichados habitantes desnudos mientras duermen y robar todas sus pertenencias sin hacer el menor ruido. Ven conmigo porque conseguiré que los dioses inmortales acuñen un nuevo título para ti: el de príncipe de los ladrones. Y aparta ese horrible juguete que llevas contigo. ¡Me lo estás clavando en las costillas!

Y es que el pequeño no había soltado la lira desde que fue arrebatado de su lecho.

Hermes pareció asustado y comenzó a lloriquear:

—¿Adónde me llevas? ¿Por qué atormentas a un pobre niño cuando tus vacas corren peligro de muerte si fue otro quien se las llevó?

Apolo se rio con sarcasmo y, sordo a las súplicas de Hermes, llegó a la asamblea de los dioses, que estaba presidida por Zeus.

El padre de los dioses pareció contrariado cuando vio aparecer a Apolo con su medio hermano en brazos.

—¡Apolo! ¿Cómo has podido arrancar de los brazos de su madre a un niño que acaba de nacer? Tu acción es tan grave que será el primer tema del día en el consejo de los dioses.

Todos los dioses asintieron lanzando miradas airadas en dirección al desconsiderado secuestrador. Apolo no se dejó impresionar:

—Padre y dioses. Si escucháis mis palabras, os daréis cuenta enseguida de que nada es lo que parece. Aquí donde lo veis, este niño es un ladrón consumado. En ninguno de mis viajes, entre mortales o inmortales, he visto nada semejante. Robó mis vacas y, con su espíritu inteligente, creó tal confusión de huellas que era imposible conocer adónde las había llevado porque no había rastro que permitiera seguirlas. Cuando ya desesperaba, un hombre mortal afirmó que había visto a un niño conduciendo un rebaño camino de Pilos.

Mientras Apolo hablaba, el dulce bebé había dedicado una retahíla de mohínes y sonrisas a las diosas, que lo miraban enternecidas. Cuando su hermanastro terminó su declaración, dos grandes lagrimones se asomaron a sus ojos infantiles antes de que balbuceara:

—Zeus, padre mío. Yo sólo puedo decirte la verdad porque soy tan joven que ni siquiera he aprendido a mentir. Apolo ha entrado en nuestra casa buscando como un loco sus vacas perdidas. Sin aportar testigos que pudieran acusarme ni ningún dios que me hubiera visto robar, con gran violencia, me ha conminado a confesar.

Se detuvo para coger aire, y sus labios regordetes temblaban cuando comenzó a hablar:

—Me ha amenazado con arrojarme al inframundo.

Afrodita avanzó furiosa hacia Apolo y le quitó el bebé, propinándole un gran pisotón. En el refugio seguro de sus brazos, Hermes prosiguió:

—Apolo es un hombre fuerte; yo sólo soy un bebé que no ha visto transcurrir ni un día entero desde que nació. Él lo sabe: yo no tengo suficiente fuerza como para robar sus vacas. Créeme, padre mío, ni siquiera crucé el umbral de la puerta de mi cueva. Yo reverencio a todos los dioses y a ti más que a ninguno. Pero a él lo temo. ¡Por favor, ayuda al más joven de tus hijos!

Y Hermes fijó en Zeus su mirada clara y profundamente inocente. Zeus rio estruendosamente:

—¡Pequeño embustero! Tengo suerte de que te hayas callado porque estabas a punto de convencerme a mí también, yo que sé que eres absolutamente culpable. Ahora mismo llevarás a tu hermano Apolo hasta el rebaño que le robaste.

Hermes sabía que no podía engañar a Zeus y aceptó ir hasta la cueva. Afrodita se lo entregó a Apolo de nuevo y éste ya salía con su incordiante carga cuando Zeus lo detuvo con una pregunta:

—Dime, Hermes, ¿por qué hiciste doce partes con la carne?

—Para honrar a los dioses del Olimpo.

—Pero si sólo hay once.

—Conmigo suman doce.

Zeus volvió a reír con ganas y pensó: «Es hijo mío, no hay la menor duda».

Apolo y Hermes llegaron hasta Pilos, donde estaban ocultos los animales. Pero sólo acercarse a la cueva, se confirmaron las peores sospechas de Apolo respecto a las doce partes de carne que habían sido ofrecidas a los dioses.

—¡Pequeño monstruo! Mataste a dos de mis mejores animales. ¿Cómo pudiste hacerlo tan pequeño y, encima, recién nacido? ¡No crezcas más, ¿me oyes?! ¡Tú sí que me das miedo! ¡Terror siento ya de ti!

Y comenzó a correr de un lado a otro presa de la furia más intensa. Ése fue el instante que eligió el astuto Hermes para comenzar a tocar la lira, que no había soltado en ningún momento.

La música llegó directa al corazón de Apolo y su alma se llenó de una suave melancolía. Dicen que la música amansa las fieras. En su caso, esta afirmación es completamente cierta. Olvidó su ira y las vacas que había matado Hermes y dijo:

—Matabueyes embustero, enano traidor, ese maravilloso ruido que haces bien vale cincuenta vacas. ¿Quién puso ese instrumento excepcional en tus manos? ¿Fue tal vez un dios? ¿Fue acaso un hombre mortal? Ese sonido que llega a mis oídos es embriagador, un sonido que ni hombre ni dios han oído jamás. Sólo tú conoces el secreto, ladronzuelo hijo de Maya. Jamás nada me había fascinado de tal modo como esos sonidos mágicos.

Hermes regaló su lira a Apolo, que se convirtió en el dios de la música. Y Apolo regaló a su hermanastro su brillante látigo, convirtiéndolo de este modo en el protector de los rebaños. Y sí, aquél fue el principio de una gran amistad. Pero ésa es otra historia... que también merece ser contada.

¡SABÍAS QUE... el término «hermenéutica» mantiene una estrecha relación con la figura del dios Hermes, el mensajero? Hermenéutica es el arte de interpretar los textos, especialmente los textos sagrados. Se asoció a la figura de Hermes porque muchas veces esta divinidad, en su función de mediador entre los dioses, y entre los dioses y los hombres, debía asegurarse de que los deseos de las deidades u oráculos fueran interpretados correctamente por sus destinatarios.

# DÉDALO

## Y LAS ALAS MÁGICAS

*Dédalo confesó una vez al rey Minos que la única forma de escapar del laberinto era volando.*

Dédalo contempló con tristeza su prisión. Su mirada se topó con las sucias paredes del laberinto. Estaba atrapado en la misma trampa que él había creado hacía largos años para mantener encerrado al monstruo. El día antes, el monstruo todavía vagaba entre sus paredes, resentido y ávido de sangre. Ahora estaba muerto. Teseo, el verdugo del monstruo, desaparecido. Ariadna, la hija del rey, desaparecida. Minos, el rey traicionado, furioso. Loco de ira contra todos. Loco de ira contra Dédalo.

El inventor se golpeó la frente con la palma de la mano. ¿Cómo se había dejado engañar por Ariadna? Él, el gran inventor al que todo el mundo admiraba, no había sido capaz de intuir qué se escondía tras las palabras de una jovencita enamorada. Ingenuamente, le explicó cómo escapar del laberinto y el joven Teseo huyó llevándose a la preciosa Ariadna como trofeo.

Dédalo se golpeó de nuevo la frente. Cuando el rey Minos descubrió que Teseo había escapado, supo que sólo una persona podía haberlo ayudado y su ira sin límites se dirigió contra Dédalo.

Dédalo todavía podía recordar aquella noche tan lejana en que el rey y el inventor miraban los planos del futuro laberinto:

—Repítemelo, Dédalo. Júrame que no hay salida. Que el monstruo jamás encontrará un camino hacia la libertad.

—Te lo juro, Minos. El monstruo no podrá salir del laberinto por su propio pie si no es volando.

Y el rey y el inventor habían entrechocado sus copas y reído como simples amigos.

Mucho habían cambiado las cosas para que el rey Minos temiera tanto que Dédalo pudiera huir de la cárcel invencible que él mismo había creado. Había apostado guardias en todos los puertos de la costa de Creta que registraban los navíos para que, en caso de escapar, no tuviera salida por mar. Y había hecho algo que había inquietado profundamente al inventor: tomó a su hijo Ícaro y lo encerró con él.

Dédalo miró al muchacho, que observaba con curiosidad a su alrededor. Le sonrió y dijo:

—¿Sabes, hijo mío, que aunque el rey Minos intente darme caza por mar y por tierra, el cielo continúa fuera de su alcance? Su cetro no reina en el aire.

—¿Quieres decir, padre, que nos iremos de este lugar volando?

—Sí, Ícaro, volando.

Y una vez dicho esto, comenzó a hacer realidad una idea que había acudido a su mente: unas alas como las de un pájaro. Tomó muchísimas plumas de ave y las fue organizando según su tamaño. Las mayores las ató con hilos y las pequeñas las enganchó cuidadosamente con cera.

Mientras él trabajaba, Ícaro jugueteaba sin ser consciente de la peligrosa empresa en que estaban inmersos. El niño soplaba y contemplaba cómo las plumas volaban y se mecían en la suave brisa, o las cazaba con el pulgar manchado de cera amarilla y sus ganas de jugar retrasaban el trabajo febril de su padre.

En el momento en que hubo terminado, Dédalo probó las alas. Eran fantásticas. En aquel preciso instante entró una leve brisa en la estancia y el inventor flotó ligeramente y batió sus emplumadas alas con la misma facilidad que lo haría un ave.

Entonces tomó las que había confeccionado para su hijo y se las colocó con mucho cariño. Su rostro estaba pálido y sus manos temblorosas porque él sí era capaz de percibir el peligro que los acechaba.

Antes de emprender la gran aventura de volar, Dédalo intentó advertir al jovencito impaciente que sólo pensaba en saltar al vacío.

—Hijo mío, no seas imprudente. Mantente siempre entre el cielo y la tierra. Piensa que si vuelas demasiado bajo, las olas pueden atraerte hacia el mar y eso sería desastroso; y que si vuelas demasiado alto, el sol deshará la cera de tus alas. Entre el cielo y la tierra estarás bien.

El muchacho asintió y ya iba a saltar cuando Dédalo lo detuvo de nuevo tomándolo por los hombros y mirándolo a los ojos:

—¡Joven impaciente! ¡Estate atento! No te preocupes del camino. No hace falta que mires la Osa Mayor ni que busques Orión. Yo seré tu guía, muchacho.

Dio un último beso a su hijo y saltó al vacío. Ícaro lo siguió alegremente. Y como si el padre fuera un pájaro que enseña a sus pajaritos a saltar del nido, así Dédalo intentó guiar a su hijo, vigilándolo hasta que lo sintió seguro, animándolo, instruyéndolo, y cuando ya volaban ambos con prestancia, dirigiendo la vista atrás constantemente.

Y mientras volaban, el pescador que lanzaba sus redes, el pastor que conducía su rebaño o el labrador que estaba inclinado sobre la tierra, cuando alzaban los ojos y veían tan extraña visión, pensaban que Dédalo y su hijo eran dioses.

Juntos sobrevolaron Samos —la isla sagrada de Hera—,

Delos, Paros... Entusiasmado con el rotundo éxito de la aventura, Ícaro se olvidó de su padre y lo dejó atrás. Loco de orgullo y lleno de vanidad, comenzó a subir y a subir, llegando tan arriba que sus alas rozaron el cielo. Pero al acercarse al sol ardiente, el calor ablandó la cera olorosa que sostenía las plumas; y tanto subió que la cera acabó fundiéndose y las plumas comenzaron a desprenderse.

Así que, de repente, Ícaro se vio blandiendo sus brazos desnudos en el aire. Ya no quedaban alas ni plumas para sostener su vuelo.

—¡Padre! ¡Padre! ¡Ayúdame!

Pero se había alejado demasiado de su padre y su voz quedó ahogada por el oscuro mar azul, que lo acogió y lo dejó morir.

Cuando Dédalo se dio cuenta de que su hijo no lo seguía, comenzó a buscarlo. Y el desafortunado padre gritaba:

—¡¿Dónde estás, Ícaro?! ¡¿Dónde estás, hijo mío?! ¡Dime dónde debo buscarte!

Y lo llamó una y otra vez hasta que algo que flotaba en el mar llamó su atención. Para su desesperación, descubrió que eran los restos de las alas que había fabricado para su hijo.

Entre sollozos y maldiciendo su arte, se dedicó a buscar el cuerpo de Ícaro. Y cuando lo halló, lo enterró con el mayor pesar en una isla que desde entonces es conocida como Icaria, en honor al desgraciado muchacho.

**¿Sabías que...** la figura de Dédalo es un símbolo del gran desarrollo que vivieron en aquellos momentos las artes y la artesanía? Dédalo, y no por casualidad, está presente en todas las regiones que introdujeron por primera vez un nuevo invento o manifestación artística. Así se han atribuido inventos a Dédalo en Grecia, Egipto, Italia, Libia y algunas islas del Mediterráneo. La lista de ejemplos es muy larga: en Menfis (Egipto) construyó un propileo (entrada) para el templo de Hefesto que le mereció colocar su propia estatua en el templo. Un famoso explorador y marino llamado Escílax de Carianda menciona un altar erigido por Dédalo en la costa de Libia, muy preciado por sus hermosos leones y delfines.

Los antiguos describían sus estatuas como distinguidas por una expresión de vida o como si hubieran estado tocadas por la inspiración divina. Y precisamente fue aquélla la etapa de la historia del arte en que las esculturas comenzaron a abrir los ojos, a separar los brazos que hasta aquel momento permanecían enganchados al cuerpo y a conferir un leve indicio de movimiento a las piernas.

También se atribuyen a Dédalo inventos artesanales como la carpintería, y herramientas como la sierra, el hacha, la plomada, el taladro o el pegamento.

# EDIPO

## Y LA ESFINGE

*Edipo venció a la esfinge con la palabra y no con la espada, sin saber que aquel pequeño triunfo era solamente el paso definitivo hacia uno de los destinos más trágicos y terribles de toda la mitología.*

El rey Creonte de Tebas quedó horrorizado al conocer la muerte de su hijo. No tenía ni idea de que había ido a la montaña para enfrentarse con la esfinge. De haberlo sabido, habría tratado de disuadirlo. Pero ahora era demasiado tarde.

—Esta pesadilla debe acabarse —dijo con tristeza—. Quién sabe lo que hizo la ciudad de Tebas para ser tan duramente castigada. ¡Daré mi reino y la mano de mi hermana Yocasta a quien libere Tebas del monstruo!

Atraídos por la recompensa, un pequeño ejército de jóvenes osados acudieron para luchar contra la temible esfinge. Pero la lucha no era con la espada sino con la palabra. Había que resolver un enigma. Todos murieron.

La esfinge era un monstruo singular. Poseía el cuerpo, las patas y las pezuñas de un león, y tenía las enormes alas de un águila y una serpiente por cola. Pero lo más desconcertante eran su cabeza y sus pechos, propios de una mujer.

Se había instalado en la montaña que lindaba con la ciudad, y encaramada a las rocas más altas, esperaba el paso de los extraños. La rabia teñía de rojo sus pálidas mejillas, sus ojos eran perversos, ostentaba en las plumas las manchas de la sangre de sus víctimas y de su cuerpo colgaban huesos medio roídos.

Cuando alguien se acercaba, le planteaba el enigma con su voz ronca y amenazadora, y desconcertaba a su futura víctima haciendo crujir las mandíbulas y arañando las rocas con las pezuñas. La respuesta acostumbraba a ser la sentencia de muerte. El monstruo asesinaba al incauto inmediatamente y después procedía a devorarlo.


Edipo era, en aquellos momentos, una joven promesa. Apuesto, fuerte, apasionado y temerario. Tal vez por ello, o porque era su destino, se atrevió a acercarse a la esfinge.

El monstruo descendió desde lo alto del precipicio, planeando sobre su presa; preparó las garras y movió la cola como la de un león salvaje a pesar de que era una serpiente.

Se enfrentó a Edipo con sus mandíbulas ensangrentadas

y se posó sobre un suelo blanquecino a causa de los huesos humanos desperdigados.

La esfinge hizo una mueca de sarcasmo cuando lo reconoció:

—¿Ha llegado mi cena?

—Siento desilusionarte. Me parece que hoy vas a darme una ciudad, un trono y una esposa.

La esfinge rio:

—Más te valdría morir que obtener recompensa. Me das pena, Edipo. Da media vuelta y fingiré que no te he visto.

—No sin haber oído tu enigma.

—Si escuchas el enigma no habrá marcha atrás. Deberás responder o morir.

—Pues que así sea.

—¿Quién es aquel que posee una sola voz, pero que por la mañana va a cuatro patas, al medio día sobre dos, y por la noche utiliza tres?

Edipo hizo una sutil mueca de triunfo que no pasó desapercibida. Después alzó sus penetrantes ojos y los fijó en la esfinge, que lo miraba indiferente.

—Escucha mi voz, aunque no te plazca, musa de mal agüero, ya que ha de ser la última que oigan tus oídos; la que, afortunadamente, pone fin a la locura que eres. Te has referido al hombre, que gatea a cuatro patas por el suelo cuando, tras nacer del vientre de la madre, es un ser indefenso; que cuando crece se sostiene sobre dos pies, y que al llegar a su vejez se apoya en su bastón como si fuera un tercer pie.

El rostro de la esfinge no cambió:

—Me has vencido, Edipo. Ahora enfrentaré mi destino ya que estaba predestinada a él. ¡Viva el rey de Tebas! ¡Viva el pobre Edipo! Llegará un momento en tu vida en que lamentarás haber acertado.

Y se lanzó al vacío sin abrir las alas. ¿Tenía razón la esfinge? ¿Se arrepintió alguna vez Edipo de haber resuelto el enigma? Ésa es otra historia... que también merecería ser contada.

**¿SABÍAS QUE...** las esfinges no son sólo un producto de la mitología griega o romana? Ya existían en otras culturas: en el antiguo Egipto, por ejemplo. Allí eran estatuas masculinas, con cuerpo de león y torso de hombre y, a veces, con alas; la cabeza de la esfinge acostumbraba a representar a un rey. La esfinge más famosa se halla junto a las pirámides de Egipto; es el gigantesco león tumbado que exhibe el rostro del rey egipcio Khaf-Ra.

En la mitología griega, al contrario que en la egipcia, la esfinge acostumbraba a ser una especie de demonio que traía la mala suerte, la muerte y la destrucción.